Boca de Cachorro Louco

CB078212

Boca de Cachorro Louco

Kah Dantas

MOINHOS

Copyright © Kah Dantas, 2024.
© Moinhos, 2024.

Editor Nathan Matos
Assistente Editorial Aline Teixeira
Revisores Aline Teixeira e Nathan Matos
Diagramador Luís Otávio Ferreira
Capista Sérgio Ricardo

Dados Internacionais de Catalogação na
Publicação (CIP) de acordo com ISBD

D192b Dantas, Kah
Boca de cachorro louco / Kah Dantas ; posfácio por
Gabriela Toso. – São Paulo : Moinhos, 2024.
160 p. ; 14cm x 21cm.
ISBN: 978-65-5681-155-0
1. Literatura brasileira. 2. Romance. 3. Romance
autobiográfico. I. Toso, Gabriela. II. Título.
2024-192 CDD 868.9933 CDU 821.134.2(83)-31
Elaborado por Vagner Rodolfo da Silva - CRB-8/9410

Índice para catálogo sistemático:
1. Literatura brasileira : Romance 868.9933
2. Literatura brasileira : Romance 821.134.2(83)-31

Todos os direitos desta edição reservados à Editora Moinhos
www.editoramoinhos.com.br
contato@editoramoinhos.com.br
Facebook.com/EditoraMoinhos
Twitter.com/EditoraMoinhos
Instagram.com/EditoraMoinhos

PARTE I

PARTE II

PARTE I

Isto não é ficção.

– pérolas apressadas do [des]amor –

Puta. Vagabunda. Mentirosa. Tu quer dar pra ele, é? Tu já deu pra ele? Fala a verdade! Eu não quero conversa com puta não! Minha primeira namorada era virgem, sabia? Tem vergonha não? Foi por isso que teu marido te deixou? Porque tu é uma puta mentirosa? Eu não sei onde eu tava com a cabeça quando resolvi colocar meu pau dentro de ti. Essa porra vai é apodrecer! Para de falar comigo, sua puta! Tenho nojo da tua voz! Vou só pegar minhas coisas e vou embora. Não encosta em mim, não, que eu tenho nojo. Não quero saber. Você é uma puta. Eu sabia que tu era assim, não sei pra quê insisti nisso. Sério que tu ainda tá falando? Cala a boca! Tu não tem dignidade não? Eu não te amo, não. Sério que tu pensa que eu gosto de ti? Sério mesmo? Eu só queria te comer, otária. Tu foi pra onde? Heim? Fala, puta. Tava onde? Tava falando com quem? Se tu mijar fora do caco, eu te mato, viu? Tem certeza, né? Depois não diga que eu não avisei... Tá comigo porque quer. Tu sabe que a gente não vai mais se deixar não, doidinha. Se tu me trair, eu te mato. Tô te avisando!

Saltou sobre mim, as mãos fortes, os olhos esbugalhados, e me esganou com força, toda eu na minha traqueia e o que mais, afastei-o e gritei, e mais uma vez o diabo me agarrou o pescoço, depois disso uns murros e uma cabeçada, cedi, vá embora, me deixe em paz, pois via o monstro e a morte e mais nada.

Respire [fundo].

Prólogo

Foi no dia catorze de junho de mil novecentos e noventa e um. Encarnou neste mundo o filho do diabo, expulso do inferno pelo próprio pai, depois de duas ou três insurgências – amotinara-se com uma meia dúzia de servos – e condenado a uma vida mundana e a uma atormentada convivência com a ignorância e a tolice dos [outros] mortais. "Eu nasci para partir seu coração", diria mais tarde a criatura nefasta, olhando nos meus olhos e sorrindo aquele sorriso ardiloso, citando uma de suas canções favoritas. Fui castigada, vinte e três anos mais tarde, com a [des]graça de tê-lo em meus braços e dentro de mim, intrigada com os eventos que tinham me tornado um ser tão especial e merecedor desse lancinante amor [?]. Sua mãe era prova: tinha consigo as histórias mais esquisitas, sonhos e premonições, o batismo que nunca dera certo, um tio bruxo, uma avó que dedicara orações a santos cabulosos, um cavaleiro no meio da noite e uma criança com um corpo tão fechado que ela poderia [não fosse o seu dom], muito bem [e certamente], ter morrido uma centena de vezes. Ocorre que a eternidade, entretanto, escura como um corvo, já corria nas veias do menino, destinado a uma mortalidade fora do comum. Nascera filho de pintor e de costureira e não tivera nem infância nem adolescência reais. Pobre, mas rei. Fora a criança branca adorada na creche, o geniozinho indomável da escola e o adolescente que peitava o discurso dos professores [ingenuamente] mais experientes. Fez amigos, comeu menininhas, teve namoradas, caiu bêbado meia centena de vezes, fumou cigarros, cheirou pó e, veja só, a narrativa é apressada, que entre a infância e o tempo que eu roubei pra mim, a vida desse diabo me dá ódios de toda sorte. O infame tinha olhos e pelos escuros, sobre pele clara, mas nem a beleza do conjunto nem a ferocidade do sorriso podiam ser comparadas àquele único órgão, ferino, tirano e deus, descrito no livro do Criador como um mal que não se pode refrear. Não estava [principalmente] na força do braço ou nas delícias do sexo, o seu poder, mas na onipotência da palavra e na tenacidade dos argumentos. Herdara do pai original a prosa e a esperteza [tão irritantes!], e ninguém poderia desconfiar de que a sua arrogância era da parte do próprio Coisa Ruim. E esta, bem, é a história de como a narradora que vos fala amou [presa na armadilha do Chifrudo] o filho do Cramulhão [e vice-versa].

1. O início de tudo

Vinte e seis de fevereiro de dois mil e catorze. Ninguém sabe coisa alguma sobre o amor e, entretanto, é Eros o melhor amigo do homem. Um indivíduo busca no outro a sua completude, mesmo que desdenhe da constatação, mesmo que considere a si mesmo uma exceção. Nem o filho do Tinhoso, que andava livre por aqueles dias, seria capaz de pelejar contra aquela divindade e sair incólume. No dia anterior, ora [éramos professores na mesma escola], eu tinha procurado seus olhos, [in] disfarçado interesse, e perguntado se ele gostava de mulher. Um dia depois da resposta afirmativa e de duas ou três geladas, estaríamos aos beijos ao pé de uma árvore, em frente a um bar frequentado por universitários, cheios de adolescência nas maneiras, encantados com a carne como provavelmente [quase certamente] não acontecera nos outros dias em que estivéramos aos beijos com outras [e agora indefinidas] criaturas. O Céu não lhe parecia atraente porque para ele era insuportável a ideia de ter que ouvir música gospel para sempre, enquanto eu não merecia o lugar simplesmente por achar que a existência de unicórnios cor de rosa era mais palpável do que o paraíso. Eram dez da noite e o endiabrado, antes dos beijos molhados, atrevera-se a me encarar com um "Quem disse que eu vou te levar para casa?", eu, acostumada a ter tudo e mais um pouco nas mãos, a rejeitar meia dúzia de namor[ic]os por mês, agora prestes a colocar o meu coração [minha sanidade] naquelas mãos cheias de espinhos. Fui então deixada em casa, muito [fragilmente] segura, mas já bastante inclinada a me arremessar precipício abaixo em busca dos caminhos que me levariam ao Hades.

2. A *queda*

Aconteceu no carnaval. E em vez de nos despedirmos dela, como propõe a festa, iniciamos um período de sacrifícios inimagináveis em sua homenagem, [nós] esquecidos dentro de um quarto poeirento e apertado, sufocado pelas delícias infinitas desta divindade celebrada: a carne. Julguei, a princípio, que a situação não me ameaçava com o menor dos grilhões. Estava certa da minha segurança e, mais ainda, da unicidade daquela noite. Éramos números em listas semelhantes, até que fomos confundidos pela espontaneidade em nós dois e pela [diabólica e] estranha impressão de que nos conhecíamos havia séculos, não como todo mundo fala por aí, mas esmagados pelo sentimento de infinito que aqueles pequeníssimos e profundos momentos continham, tão cristalinos e enevoados que, mal amanheceu o dia, eu já estava fodidamente apaixonada. Cega, foi como acordei, no desconforto daquela cama de solteiro e entre os seus braços, no limiar entre o continuar como antes e o atrever-se a foder não só com o corpo, mas com o espírito também. Na minha mochila havia camisinhas e remédios para a gripe, sabe-se lá como foi que eu deixei, no meio de uma crise alérgica, o aconchego dos meus livros e da minha caminha para me aventurar no meio das partículas suspensas da casa de um desconhecido, só porque ele tinha me deixado com o quadril queimando depois de duas ou três respostas decididas. Luz da minha vida, fogo nos meus lombos, minha Lola, por você eu não hesitei em mandar todo o resto pro inferno, a lista de espera, as presas em potencial, as comidas exóticas ou os melhores bolinhos da cidade. Você tinha umas maneiras que me saltaram aos olhos e pareceram inaceitáveis, mastigava com a boca aberta, caminhava feito bandido e falava alto demais – uma porção de borrões que se tornaram insignificantes, não depois que desabrochei como o lótus, em watercolor, ou depois que a maciez dos seus lábios, entre as minhas coxas, me deixou tão rapidamente incrédula; mas foi depois que aquela noite e a manhã que a sucedeu foram [mágica e] inexplicavelmente sublimadas: o diabo se tornou deus e eu, ré confessa, dei voluntariamente a mão ao meu destruidor [e então senhor]. Naquela noite, amamos até a exaustão, trepamos com a madrugada, deixamos um pouco de nós nos lençóis, no chão e nas paredes do banheiro, e rastejamos para o colo de Morfeu com fôlegos agitados, mas almas tranquilas, como as dos pequenos quando estão dormindo na segurança de seus berços.

3. *O primeiro fim*

Começou com esta bobagem: dois segundos estúpidos hackeados de uma rede social minha depois de ele ter saído para trabalhar. Eu devia ter continuado dormindo, o que seria mais fácil?!, quando a ~ burrice ~ falou mais alto e eu respondi a uma mensagem qualquer de um colega de trabalho, mas, descoberta, vi o primeiro dos muitos e eternos fins. Foi assim esse fim: [menor que todos os outros] senti o meu corpo inteiro se transformar em um sentimento de perda não justificado, não tinha um mês a aventura!, e, mesmo assim, morri atormentada e chorei, inconsolável, imaginando que não teria mais as suas roupinhas por perto, o seu cheiro na toalha, os itens de higiene, o calor do peito e a saliva dos beijos, e por isso paguei, com uma das muitas vidas que descobri ter [todas destinadas à destruição pelo poder esmagador daquelas mãos que eu tanto amava], pelo resgate da minha felicidade, balbuciei um livro inteiro de sabe-lá-que-pedidos-de-desculpa e desculpas variadas, até que fui capaz de dizer alguma palavra que, como um encantamento, trouxe-o de volta aos meus braços [chamei-o "covarde!", penso], também chorando, me abraçando e beijando, depois de, com a mesma língua que me passava nos lábios, ter sangrado o meu coração repetidas vezes. Antes disso, estive indigna aos seus olhos, ouvi horrores, cada um deles transformado em umas mil lágrimas e mais um bocado de hematomas no peito. Foi preciso isso para que eu decidisse, sabe-se lá por quê, que a criatura era tudo o que eu queria e já não me importava despedir sem rudeza as outras pessoas, desde que ela estivesse comigo. Culpei os orgasmos deliciosos pelo absurdo da minha reação [menor do que todas as outras depois dela], abracei-o e dormi ingênua e medrosa naquela noite, depois de fazer ~ amor ~ [naturalmente], acreditando que nunca mais experimentaria angústia semelhante. Pobrezinha.

4. O primeiro fim – Parte dois

Aquele foi o primeiro de muitos e os outros que o sucederam [e sucedem] foram acrescidos de intensidade e fúria, sempre mais de ambos, que o diabo era generoso, e foi então que esta alma que carrego comigo, já frágil em essência, foi torcida e rasgada, duas centenas de pedaços espatifados, duas centenas de vezes e contando.

5. *Depois do fim e o meu aniversário*

Era março. O mês dos ovos de chocolate traiçoeiros, o mês da Xuxa e também o mês do meu aniversário. Àquela altura, éramos como a raposa e o príncipe, únicos no mundo e felizes desde as três, apesar da meia dúzia de fins até então, ainda frescos, ainda doloridos no peito. Então ele fez de tudo para compensar o estrago dos golpes e disfarçar a dor das feridas, eu estava no trabalho, ensinando inglês a dezenas de crianças, enquanto ele desbravava a Fortaleza esburacada em busca dos doces de que eu mais gostava, uma torta fabulosa de brownie e torteletes de limão, acompanhados de uma cesta gigante de chocolates, aqui e ali ofuscados por uma baleia de pelúcia, prontamente batizada de Baleioca. Mas o encanto só ficou completo depois de eu arrebentar o laço que envolvia aquele ovo de páscoa que me trouxe uma pequena luminária, o pequeno príncipe sobre um céu cheio de estrelas, porque eu tenho a excitação de uma criança, veja só, aquele foi um dia fodidamente feliz e inesperado, nada do que desejei me foi negado, ganhei também os livros sobre os quais não parara de falar, uma garrafa preciosa de vinho [ignorada porque nós preferimos a Coca-Cola] e uma trepada tão ardente, que fui dormir quando a manhã do dia seguinte, bem no meio da semana, começava a se anunciar. Ele fora dormir [enquanto eu o olhava] sob uma variedade de formas de estrelas amarelas, de uma raposa da mesma cor e de uma e outra linha incompreensível. Escrevi-lhe uma carta com os detalhes dias depois, tão bonita!, porque foram sessenta minutos de sonata ao luar no meu quarto, à qual foram acrescentadas uma lampadazinha e uma cesta entupida de carboidratos.

6. A *morte*

"Fecha os olhos", ele diria numa dessas madrugadas. O sono tinha se atrasado e a conversa versava então sobre os átomos e todas as coisas, a minha assombrada incredulidade sempre me deu um frio na espinha, "Imagina que você está na praia, molhando os pezinhos e entrando devagarzinho no mar...", eu imaginei, assim pausadamente, porque eu podia sentir, confesso, com não pouca alegria. A brisa, o gelado das águas, as pernas arrepiadas, o calor na nuca, o cheiro da maresia, porque, veja só, a imaginação é uma arma fodida, "... olha bem pro horizonte...", e eu olhei, uma linha no fim do mundo, sempre me deu medo, a imensidão do mar, fundo e escuro, onde não dá pra respirar, o quarto em breu, o frio do ar-condicionado e as sombras mexeriqueiras, "AGORA IMAGINA QUE TÁ NO FUNDO DO MAR", ele falou, assim alto, coisa quase de grito, eu não sei, a voz exaltada, imagino agora que devo ter arregalado os olhos de tanto medo que senti, foi a Morte dentro de mim [ou pelo menos uma ideia muito palpável dela], na escuridão do quarto [ou de um caixão]: eu, sozinha, no fundo do mar, onde habitam as criaturas mais estranhas, os mistérios mais inimagináveis e, bem, a Morte. Ele falava sobre como seria se tudo que nos cerca não passasse de um experimento mental, eu, ele, você também, todo mundo, morrendo para descobrir que todo esse aperreio tinha, teria sido, foi e fora apenas um sonho, infinitamente, morrendo e acordando por todo o sempre, ou, quem sabe, morrendo para se libertar do corpo e vagar consciente pelo universo, imagina!, uma porção de consciências espremidas sob o teto do quarto enquanto fazemos sexo, consciências grudadas no pênis, escorregando pela vagina, consciências no cu, porque nada se perde, tudo se transforma, já dizia o caríssimo Lavoisier, foda-se a morte, continuo incrédula e amedrontada, porque no fim das contas somos nada e tornamos ao nada, como se nada tivesse acontecido.

7. *A seda lilás*

Eu bati nele. Bati porque julguei que eu não conseguia feri-lo com as palavras [sua expertise], dando vazão ao meu descontrole e esmurrando, esmurrando, esmurrando [quando, na verdade, ele era ~ apenas ~ maligno [sua natureza] e eu retribuía a sua malvadeza com murros [de mulherzinha]. Às vezes rio, às vezes me envergonho, no fim das contas continuamos juntos, a essa altura já vai fazendo quase um ano, sabe-se lá como, ele dizendo que ia [vai] embora, eu pedindo que não, ele ficando sempre, a gente encontrando os amigos dele como se nada tivesse acontecido, eu linda, vestido rodado e pernas roliças, ele charmoso, todo diabo, feliz por levar uma aliança no anelar esquerdo, todo mundo incapaz de imaginar quantos rounds foram necessários para que chegássemos ali, meu braço esquerdo roxo, dolorido e em fogo, porque ele perdera a paciência e me socara também, mundo injusto esse em que os machos têm mais força e levam mais jeito pra coisa.

8. *Sonhos*

Hoje eu sonhei com uma bruxa. Ela era disforme [e de unhas afiadas], vestia-se com elegância, recém-saída da manicure, a bendita, andava sob as minhas pálpebras beliscando o lábio inferior das meninas bonitas, até sangrá-las, para lembrar a elas que eram todas mortais, nadinha eternas, todas muito perecíveis, porque esta semana, veja só, eu machuquei o lábio inferior enquanto bebia água [e ferro], não são lindas as histórias que o cérebro da gente inventa por causa de um lábio partido? Outro dia foi um thriller, eu estava em um restaurante avermelhado e suspeito, a contagem do tempo parecia suspensa no ar, era um cenário tão denso!, alguém me deixara uma criança de colo, o cozinheiro a trazia pela mão, a orfandade nos olhos dela, “e encontraram o assassino?”, eu perguntava, mas o homem estava mudo e frio, e eu sabia, lá no fundo, que fora ele o autor da obra de arte sanguinolenta, eu sabia!, mas então havia uma criança para eu cuidar, ser mãe em sonho é coisa doce e passageira, acordei impressionada e cutuquei o diabo ao meu lado, nas duas vezes, para falar da bruxa, do cozinheiro e do nosso, sim, o *nosso* bebê, que havia naqueles dias uma vontade perigosa de ser mãe, de satisfazer o seu desejo mais íntimo de vaidade e de, tolice!, tê-lo para sempre, para sempre, para sempre.

9. *Depois de muitos fins e o aniversário dele*

Era junho. Quando saí do trabalho, visitei uma loja de artigos de festa e trouxe comigo um pacote de balões coloridos, fofinhos e iluminados [eles tinham pequenas lâmpadas de LED em seu interior], depois de uma visita a um camelô para arrumar uns bonecos do Ben 10. A essa altura ele já tinha se mudado para cá, o que era meu tornou-se nosso, e vivíamos como que casados. Convidei a família do demônio, fiz um bolo de chocolate coberto de M&M's e encomendei mais um bocado de guloseimas, tudo isso antes da briga [e de um outro fim, bem no dia em que ele fazia anos!], não me lembro mais por que ela existiu, mas esteve lá, furiosa e lacrimosa, para partir meu coração mais uma vez. Algumas horas mais tarde, depois de uma porção de sorrisos e músicas infantis, os convidados já tinham ido embora, mas o anel permanecia no meu dedo, foi naquele dia que o ganhei, anexado a um pedido de casamento escrito num post-it de não lembro mais qual a cor, fiquei encantadíssima, o coração aos saltos de alegria, então me ama!, e me amava!, apesar de tudo, das palavras ferinas, do veneno nos lábios e das feridas ardentes. Dias mais tarde, escrevi-o de volta, um texto de pouco mais de 100 palavras, detalhes felizes e pequenas declarações de amor, e uma linha finale mais ou menos assim: "Porque eu sou sua, para salvar, para amar e para desejar", dá pra acreditar? De volta àqueles dias, era assim mesmo que eu funcionava, feita de açúcar e esquecimento, de repente nada parecia ruim e não havia más lembranças, só o [cego] afeto, o desejo [desenfreado] e o medo da perda [e de muitas outras coisas, escondido no meio daquelas linhas]. Em retribuição ao meu sentimento depois daquele inacreditável "Você quer casar comigo?", ele me fodeu gostoso à luz dos balões que piscavam, agora transferidos para o nosso quarto, e me declarou, algum tempo depois disso, o seu amor, diante dos meus e de mais outros cem pares de olhos, tímido e melado, coisa de sussurro, ouvidinhos e lóbulos mordiscados. Se eu não falasse das lágrimas, tão tristes e tão felizes ao mesmo tempo!, visitas imediatas depois dos orgasmos daquele dia, este capítulo não seria completo, pois elas vieram, macias e molhadas, enquanto eu olhava aquele tórax branco e iluminado, ora verde, ora vermelho, ora azul, e desejava o gosto daquela juventude só para mim, meus olhos acariciando-a com ternura, pois era tão difícil amá-lo! [e ser amada por ele!], uma insanidade, ter chegado até ali, de mãos dadas com aquela criatura que não chorava como eu. Pensamento distante, mas perto o bastante para sufocar, nós trepamos uma, duas, três vezes, e eu adormeci ao lado do meu anti-herói, uma parte dele ainda dentro de mim e pronta para escorregar pelas minhas coxas assim que eu levantasse, pela manhã, para fazer xixi e comer gelados os salgadinhos da noite anterior.

10. “Nós somos um milagre”

Se eu não tivesse esta memória de barata, o banheiro ao lado não pareceria tão branco, tão sereno e tão angelical, quando tão pouco tempo depois de ele ter mudado para cá, nós ainda transávamos todos os dias, mais de uma vez, bestificados com esse momento tão ardente das nossas vidas. Eu me lembraria melhor da cor dos azulejos, depositaria um pouco de lodo sobre eles, alguma poeira no basculante, um bocado de teias aqui e acolá no teto. Nós estivemos bem no meio disso, para lavar do corpo da gente a trepada mais recente, eu não sei o que houve, conto nos dedos das mãos os momentinhos em que ele esteve sentimental, tão poucos!, como naquela vez em que ele me massacrou por coisa nenhuma e eu implorei, com o peito sangrando, que ele mudasse de ideia, foi um derrame infinito, até que ele se encolheu em algum lugar da cama e chorou, copiosamente, balbuciando um pedido, que eu nunca desistisse dele!, porque eu eventualmente o faria, de dor e cansaço, coisa que hoje ele nega, “se isso tivesse acontecido eu lembraria”, faz-me rir!, volto ao banheiro e encontro a minha forma nos braços da criatura, partimos do ardor à ternura do amor, ele me olhou, chorei eu ou chorou ele?, quem sabe choramos os dois, ele me disse ali aquelas quatro palavras, que escorregaram pela nossa nudez apaixonada, coisa linda, um par de amantes verdes e ardentes, me dá uma saudade quando eu lembro e o dobro dela quando ele me diz que “isso nunca aconteceu”.

11. *O céu, o inferno e a nossa vã filosofia*

Não sei agora, tínhamos brigado ou não?, estávamos deitados e gelados, ele ganhara um ar-condicionado no dia do seu aniversário, não suportava a lembrança do calor que fazia no inferno, mas só isso, que todo o resto era motivo de alegria quando pensava no retorno para casa, depois do aniquilamento da sua mortalidade, que gracinha!, foram centenas de reais que eu, de [todo] bom grado, investi na frescura daquela pele, o filho do Tinhoso era branco e rosado, e um pouco de calor já era suficiente para deixá-lo de mau humor. Ele falava com toda intimidade sobre os negócios do Criador, feito anjo rebelde, talvez um liberal no início do século XX, com o peito entusiasmado e a língua inflamada, aborrecido com as injustiças mundanas, com as maneiras dos indivíduos, com as fraturas sociais e a mediocridade do país onde calhou nascer. E ele continuava, todo sisudo, "às vezes eu penso que Deus morreu, que o céu está caótico, entregue às baratas, por falta de gestão", e seguia argumentando, pontuando os absurdos da onisciência e do livre arbítrio, denunciando a administração celestial, "será que não é Miguel, aquele cuzão, que tá fazendo a putaria todinha?".

12. A preguiça

São sete os pecados capitais. Não faltei com nenhum deles, mocinha diligente que sou, há para cada um o devido pedestal, são meus favoritos a gula, a luxúria e a preguiça, os outros recebem homenagens raras, mas não inexistentes, ocorre que a igreja transformou as coisas mais tolas em condenação, e como a tolice é qualidade inerente às criaturas humanas, me parece que temos todos ofendido o amor, há de ser uma graça que exista um céu para onde vão as pessoas que o merecem, haverá na terra uma única que faça jus? Ora! Porque Ele é quem Ele é, e sempre me intrigou, a cristandade, mas isso fica para depois ou para nunca. Ao que importa, o aconchego da sua companhia tornou impossível o sono sem que ele estivesse ao meu lado, e a preguiça tomou outras formas, como aquela do almoço sendo desfrutado frente às 42 polegadas, ou dos lanches combinados a emuladores vários, nosso quarto se tornou um refúgio, as horas de sono e de conchinhas foram alongadas, eu me surpreendia olhando aquela figura, branca e agora gordinha, esparramada sobre a cama, na bagunça dos travesseiros e do edredom amassado, a gula, a luxúria, a preguiça e nós dois, tudo dentro do mesmo quarto, dividindo o espaço com os meus livros, meus bonecos e minhas velinhas aromáticas.

Ele me olhava com aqueles olhos apertados de um sono desnecessário, eu beijava suas bochechas e cabelos com gosto, “eu tô com uma preguicinha tão boa que fico até de pau duro”, disse o infame outro dia, todo indolente, mergulhado na frouxidão do nosso colchão.

13. Roupas para festas

O tempo passa, naturalmente, e depois de tirar à unha uma mancha de achocolatado da capa do meu caderno, não sei se falo dos dias seguintes ou de coisa acontecida antes da última narrativa. Dois dias antes da minha formatura, com a criatura ao meu lado, visitei uma lojinha de aluguel de roupas de festa, eu não sei, foi o primeiro lugar para onde ligamos, atendeu-nos essa simpática velhinha, "Ah, sim, nós temos muitas becas, fica perto da rua alguma coisa, e tem uma foto da minha neta bem na entrada", ela falou, muito entusiasmada. Uma hora antes eu estivera de coração partido, o diabo de mau humor, tratara-me mal, coisa de pouco sono, até que eu encontrei um banheiro para disfarçar uma meia dúzia de lágrimas, o que importa é que ele buscou a minha mão na hora de atravessarmos a rua (arrependido, mas sem jamais dar o braço a torcer), e entramos na pequena loja, imediatamente desconfiados. Sufocante e bagunçada, estivera trancada até que batemos, essa moça de uns trinta anos veio nos receber, muda como aqueles vestidos espalhafatosos e fora de moda, mas nem de longe impressionante à vista como eles. A senhora sua mãe chegou a seguir, sempre bondosa e acolhedora, "nós ligamos agora há pouco", ele disse, "Ah, sim! Ah, sim!", e ela me trouxe a beca, fez-me experimentá-la, qualquer coisa me pareceria boa, o importante seria assinar a ata e não correr o risco de atrasar o diploma, recém-aprovada no mestrado, mas foram necessários uns ajustes, que tinha ficado tudo muito frouxo, então fomos obrigados a nos demorar um pouco mais, depois de passar o cartão de crédito, que a velhinha resolvera, insistira, arrumaria tudo ali mesmo, para que eu já saísse de lá muito pronta para a cerimônia. Vinha de dentro um cheiro forte de carne assando, era o almoço das duas, ficava a casa atrás da loja e elas moravam ali, tinha ido pra dentro a jovem e ficado conosco a velha, enquanto manuseava linha e agulha. Eu já estava mesmo angustiada pela apatia da moça, seus olhos como os daqueles peixes no supermercado, sua voz invisível e suas maneiras que nos deixavam muito desconfortáveis, falo por mim, mas ele me confirmou depois, não nos sentimos bem-vindos nem por um instantinho, mas foi quando a velha começou a nos confidenciar, pesarosa e baixinho, dois ou três eventos de sua vida, que fomos mais intensamente arrastados pelo turbilhão espiralado e angustiante daquelas trevas disfarçadas, a lojinha ficou toda assombrada e nós duas, a criatura do Demo e eu, caímos na armadilha de tristeza e tragédia daquela vida despedaçada. "Ela é assim, minha filha, muito triste, muito triste. Formou-se em Biologia, mas não quis seguir carreira. Em vez disso me pediu por essa lojinha, foi ela quem quis, queria ficar em casa, não gosta de sair à rua, tem um medo danado, toma muitos remédios, sabe? Mas sou eu quem cuida de tudo, não tem ânimo, se pudesse nem falava, muito triste, muito triste", e nos olhávamos, sem ter o que dizer, e achávamos triste também, a moça não nos olhava nos olhos, não nos olhava de jeito nenhum, veio e anunciou que a carne queimava, "Pois tire, minha filha", e ela voltou para dentro, meio morta, assassinando com seus ares o espírito das coisas, tudo amarelo, amarrotado e obsoleto. "Muito triste, eu vivo só mais ela, tenho essa neta também...", mas a culpa foi minha, indaguei se tinha outros filhos, desesperada para que os assuntos se tornassem qualquer coisa como alegres, o diabo então me beliscou, porque a velha se transformou em choro, meio rouco, "Eu tinha, minha filha, mas perdi meu filhinho num acidente de moto, tão perigoso, esse transporte, eu não gostava de jeito nenhum, qualquer acidentezinho já pode ser fatal, morreu tão jovem, meu bebê, recém-formado, muito bom filho, comprei para ele um carro, minha renda era toda pra eles, desde que meu marido faleceu, mas dizia que a moto andava mais depressa, muito triste", ela chorava, e eu não sabia o que dizer, a garganta seca, os vestidos ultrapassados, inchados, meus olhos já opacos, e do meio do choro ela continuou, "Um mês depois morreu meu outro filho, vieram e mataram, para tomar o carro que ele tinha acabado de comprar também. Era meu genro, mas como um filho, meu Deus, todo dia a mais velha chora, não quer mais sair de casa, já não sei o que fazer, adianta? Muito triste, parece que tenho um buraco sugador no peito, mas o que eu posso fazer? A gente tem que continuar vivendo, tem ainda essa aí que depende de mim", ela fungava, os olhos incertos e líquidos, as mãos inseguras e trementes, um rio correndo na barra do tecido, a agulha dançante, "Ande cá, experimente agora", ela disse, e então eu demonstrei pressa, disse que não era necessário, mas ela insistiu, era muito insistente, e eu vesti a beca, torta e irregular, "Está ótimo!", exclamei, com um sorriso sem graça, ela estava muito grata, por que, eu me pergunto, dividiu conosco a sua miséria, que divido agora contigo, leitor(a), teria a velha se sentido mais leve? Havia uma maldição naquele lugar, ela foi lá dentro e me trouxe outro daqueles babados para o peito, novo, alvo em flor, para substituir o amarelado que primeiro me dera, "Leve este, mais bonito. É para o seu grande dia" e agradeceu, muito e muitas vezes, segurou as nossas mãos, disse que voltássemos sempre, coisa que ela quis mesmo dizer, meu Deus, e meu diabo ali do lado, a morta aproximou-se, dissemos "obrigada", palavra à qual ela não reagiu, então a velha sorriu e acenou, "Boa sorte! Parabéns!" e nós saímos, pulando para a rua, aliviados, e ele buscou a minha mão outra vez e respirou fundo, "Finalmente! Eu não aguentava mais!", desabafou, estivéramos presos, oprimidos, "Que será que ela fez", eu perguntei, "para ser assim tão castigada?". E ficamos os dois pensando, cada um dentro de si, esperando ficar verde o semáforo, eu confeccionando as explicações mais bizarras, o peito rasgado, cheio de tormentos, nem o barulho da vida e nem o ar aberto puderam atenuar o meu aperreio, mas e você, o que acha, qual terá sido o crime que a velha cometeu?

14. O resultado de um passeio solitário

Fazia tanto tempo que eu não dava uso às minhas pernas que cheguei ao ponto de achar interessantíssima essa pequena caminhada que fiz de acolá até ali, depois de saltar do metrô e de me perguntar se é assim mesmo que a gente fala, "saltar do metrô". Mais cedo tivera um ataque de pânico dentro de um ônibus, um medo sufocante de perdê-lo, ando ameaçada, esses dias, esperando a hora em que ele vai me olhar e dizer que está de partida para a Europa, porque conseguiu aquela bolsa, tão fácil!, mas não vá sem mim, vá não, que eu morro, definho, e já chega desse assunto, que me fere até o ato de escrever sobre ele, tenho nojo da ideia!, onde está você que ainda não chegou em casa? Espero que não tenha se esquecido de devolver minha beca e de pagar aquela fatura já para estar atrasada.

15. A noite passada

Eu devo ter montado naquele colo firme e fodido de maneira inconsequente, às vezes fico toda dolorida, são as posições várias, gosto especialmente de fazer olhando no espelho, vendo o jeito como ele me olha de volta, os olhos escuros de tanto tesão e as mãos febris enquanto o indicador habilidoso da criatura fricciona a minha volúpia. Há no meu [nosso] quarto um violão pequeno, comprei-o quando tive vontade de fazer umas aulas, coisa mais trouxa, foram duas, três no máximo, e o pouco que aprendi foi esquecido com facilidade, a graça é que o meu imoral amante sabe tirar som do instrumento [e de outras coisas mais], músico nato que é, seria preciso que eu tivesse ao meu alcance uma câmera, naqueles insanos instantes, para que fossem capturadas, com alguma fidelidade, a loucura e a música que emanavam daquele corpo nu e do violão colado a ele, enquanto o louco batia Last Night, de The Strokes, nas cordas da pequena viola que eu mantinha no quarto como uma lembrança. Eu olhei, olhei e olhei, sempre estupefata, o bumbum roçando na porta fria do guarda-roupa, as pontas dos dedos soltas, fazendo uma leve menção de alcançar os seus cabelos, vã atitude, porque naqueles instantes ele era inalcançável e solitário e, por mais exibida que fosse a sua performance, eu não era ninguém e não estava ali, ainda que representasse, bem levemente, um elemento essencial à sua vaidade.

16. *Deus pra si, o cão pros outros*

Quando o sono fugia da gente, a noite tomava a forma de discussões acaloradas, sempre fomentadas no raciocínio ~ brilhante ~ do pequeno diabo, que criticava, com a língua afiada, os princípios basilares da moral e dos bons costumes, especialmente aqueles dos hipócritas. Ilustrávamos nossas decepções com familiares e outros conhecidos, gente que vivia pregando o amor de Deus nas igrejas, mas que levava para casa toda a aposentadoria da mãe e não reconhecia os outros filhos que fizera por aí antes de conhecer o salvador. "Deus pra si, o cão pros outros", ele repetia, as palavras ouvira da mãe costureira, cheia de dizeres sábios, a velha, tinha o coração doente, mas a mente muito sã, de tal modo que às vezes chegava a assombrar. A nossa doação era aparentemente tão imensa que ofuscava quaisquer outras, todas as pessoas nos pareciam egoístas e más, sempre tentando tirar proveito das situações, sempre tentando passar a perna em alguém, porque o amor era uma grande farsa e as demonstrações de respeito eram narradas num formato circense, veja só. Mas era a mentira, patrimônio de seu pai e valor fundamental no seu país de origem, que o irritava mais profundamente, detestava-a! e estava, pois, banida do nosso relacionamento, sob pena de implodi-lo e de sabotar a minha felicidade, mas nunca!, nem mesmo para protegê-la, porque ele tudo via e ouvia, receio, só não tinha acesso aos meus pensamentos porque Deus, suponho, tinha vetado o seu ingresso nesse canal. E então nós dormíamos, exaustos, para acordar tantas horas depois, quando o dia já tinha passado e mais uma noite se anunciava.

17. *Depois de ir dormir às nove e acordar às dezenove*

Às vezes o sono ficava conturbado, geralmente perturbado pela atividade das minhas células sexuais, como quando eu encontrei essa morena toda dourada do sol fortalezense, depois de ir dormir sozinha, porque o diabo não largara mão daquele joystick, viera deitar lá pelas onze da manhã, então ela me pagou uma água de coco e fez um carinho nos meus cabelos, eu fiquei sem jeito, era bonita demais, a menina!, e de repente havia ali outro cenário, ela me fez sentar sobre o seu rosto, beijou devagar e gostoso, depois começou a me chupar, do mesmo jeito que eu tinha desejado que ele fizesse, um mistério!, acordei com a cintura em movimento, o quarto escuro e quente, que eu tinha desligado o ar-condicionado, e o clitóris palpitando, agoniado. Ele estava ao meu lado reclamando de tontura e dor de cabeça, matar monstrengos à noite inteira o deixou assim, e eu juro que não sei qual é a graça de finalizar o mesmo RPG de ação uma dúzia de vezes. Suspirei, aborrecida, tinha sonhado com uma porção de coisas, não me lembrava de um terço delas, e acordei com uma fome maior do que a vontade de trepar, que não era pouca.

18. O grilo no banheiro

Nós tomávamos banho juntos com frequência. Quando eu tinha de fazê-lo sozinha, ia com uma tristeza carregada, uma mágoa no peito, era como se tivéssemos brigado, tão triste!, não ter um banho feliz, eu livrava o meu corpo da toalha e me olhava no espelho, às vezes vaidosa, às vezes desconfiada, procurando os traços que faziam de mim uma mulher bonita, alguém que não poderia ser deixada para trás. Houve um dia em que entrei no banheiro nessas circunstâncias, um abandono!, e tinha um grilinho maltratado no chão, provavelmente escorraçado pelos gatos, quase uma dezena deles aqui em casa, senti inchar uma certa impotência na goela, lamentei pelo grilo, agachei-me e olhei-o de perto, estaria afogado? De vez em quando eu resgato esses bichinhos, são formigas, besouros e outros pequenos, lutando contra a força do chuveiro, exaustos, dou um jeito de tirá-los de lá, seja com uma escova de dentes velha, seja com um pedaço qualquer de papelão, são tantas embalagens!, mas o grilo já não tinha salvação, estava tão mortinho, inerte, não movia uma patinha, as lágrimas cobriram meus olhos e eu não pude movê-lo de lugar, parecia errado e ofensivo, talvez o diabo o jogasse fora, talvez a mamãe o fizesse, terminei o banho e dei uma última espiada no grilo, tão morto, pode a vida de um inseto valer a pena? Não sei mais o que aconteceu, mas voltei ao banheiro para fazer xixi e o grilo tinha voltado à vida, fiquei besta, chamei o malévolo e contei o causo, "a morte e a ressurreição do grilo", ele deu risada, "quanto tempo vive um inseto?", eu perguntei, mas ele não sabia, no fim das contas sempre há uma constatação, positiva ou não: "não pode valer a pena".

19. *Essa vida é minha, não tua*

A criatura ia me deixar e buscar em todos os lugares. Sentava-se ao meu lado nas aulas de Literatura, acompanhava-me durante os meus demais compromissos, tornou-me dele dependente, roubou a minha vida e aprisionou o meu fôlego em local desconhecido. Por favor, não pense que ~ reclamo ~. Em contrapartida, vivia apenas para mim, como eu aprendi a viver para ele. No momento em que escrevo, faz exatamente dez meses e vinte e três dias de dedicação exclusiva, afastamo-nos dos amigos e conhecidos, foram embora os dias de cerveja e as baladas, os lábios descompromissados e o sexo qualquer. ~ Perdê-lo significa tudo ~. Vivo sempre com medo, nunca imaginei que o faria, por mais que deseje o resto do mundo, das cores, das canções, das cervejas e das baladas, dos lábios e do sexo, o medo de perdê-lo é maior do que tudo isso, não quero começar tudo de novo, amar assim dá um bocado de trabalho, é como criar qualquer coisa imensa a partir do nada e então ter que administrar um grande e crescente negócio, nem sempre promissor. Eu queria poder dizer, assim mesmo, de forma doentia, que consegui me apropriar da vida dele, não o inverso da coisa, mas não foi bem assim e, todas as vezes que ele terminava comigo, eu chorava e perguntava, "como você pode abrir mão de tudo isso?", ele era sempre muito racional, a convivência ia muitas vezes péssima, "só amar não é suficiente", ele dizia, e eu sofria muito, não queria que ele fosse embora nunca, e ele ficava, acontecia tudo de novo, eu só queria uma trégua, deixar as coisas amainarem, para que eu tivesse nova chance de consertar os estragos, de ser menos neurótica, como ele dizia, menos louca e ciumenta, e de tê-lo um pouco mais, um pouco mais daquela vida tão preciosa, aqui comigo e com ninguém mais.

20. *O amor que fica*

Quando eu era criança, ouvir forró parecia ser a atividade predileta da vizinhança. E não era coisa de velho com chapéu de palha, de homem metido em jeans e de mulher em tecido de viscose, não, eram maneiras muito mais imorais, eu sei lá, são as impressões que trago comigo, a meninada também gostava, mas eu tinha um abuso!, apesar de saber de cor uma porção de letras, que era impossível não aprender um bocado de canções naquele tempo, mesmo contra a sua vontade. Alguém cantava sobre o amor de rapariga, e foi então que eu ouvi também sobre o amor de pica, há dez maneiras de explicar o ditado, mas só aprendi uma delas todos esses anos depois, quando conheci o diabo que ferrou com o meu coração. Foi antes de conhecê-lo, eu tivera outros homens, duas dezenas deles e uma única criatura que me ajudara a alcançar uns orgasmos, um divisor de águas na minha vida, deixei de ser menina para virar mulher, pior!, do tipo exigente, que depois dele, suponho, eu seria incapaz de me apaixonar por indivíduo que não me servisse a esse propósito, não é que não quisesse, mas foi meu corpo quem passou a ditar as regras e, como elas me pareciam bastante razoáveis, decidi não intervir nos desígnios do meu baixo ventre. Então eu o conheci; fui conquistada pela língua, a dele, não a minha, mas depois da primeira conversa eu tive [vaga] certeza, não passaria daquela noite única, não fazia o meu tipo, desdenhei, até que aconteceu o que você já sabe, viramos naquela noite uma só criatura e, depois de ter a alma corrompida com um, dois e três orgasmos, acabou-se ali a vida, tornei-me dele, unicamente, e poucos dias depois, quando ele ainda tinha um quarto na casa da mãe, ele me comeu sobre aquela cama de solteiro empoeirada, enquanto eu pensava, "que o nosso amor seja verdadeiro como o teu pau entrando na minha boceta neste mesmo instante", terá havido uma lágrima?, não me lembro. Hoje em dia, há menos forró pela vizinhança, os jovens adultos de hoje, as crianças de ontem, como eu, aprenderam a gostar de outras coisas, alguém deve nos ter dito que gostar de forró não é coisa muito inteligente, mesma premissa que espalham sobre o funk por aí, que tolice!, a gente gosta do que a gente gosta e, no fim das contas, amor de pica é mesmo o que fica.

21. A *felicidade*

Ele sempre me diz que a felicidade não existe. Fala que é um mito, uma teoria como qualquer outra. Eu gosto de pensar que toda essa dureza esconde qualquer coisa frágil, deve haver alguma partícula sensível sob essa casca densa, mas ele permanece impassível, nunca mais derramou uma lágrima e, quando eu insisto em dizer que ele já fez tal coisa antes, pelo menos duas vezes, ele nega com veemência. Nós brigamos por causa do meu jeito poético de ver as coisas, para ele é tudo muito prático, tudo muito simples, eu sempre achei que Satanás fosse chegado em composições literárias, tivesse uma veia artística, mas nascera a ele uma criatura totalmente infiel às qualidades do pai, para envolver-se em um romance com uma mortal de coração açucarado, que disparate!, ele, sempre pronto para desembuchar mil tratados de lógica, enquanto eu atribuo a felicidade às dobrinhas da sua barriga, à gordice das suas mãos, às suas unhas bem-feitinhas, ao cheiro do seu pescoço durante o sono [quando eu aconchego o meu corpo ao formato do seu], aos seus discursos ~ inteligentes ~, ao tom da sua voz, ao cavalheirismo [disfarçado] nas suas atitudes brutas, à textura dos lábios quentes da criatura, ao sabor do seu sexo, à firmeza do seu pau, dentro de mim, segundos antes de eu gozar, nunca em silêncio, "goza pra mim, goza", não cabe mais em mim!, é amor-felicidade, em tantas dimensões, fico confusa, tenho incertezas, mas o devorador é tudo o que eu mais quero, houve um dia em que apliquei uma atividade, não me lembro mais do enunciado dela, as crianças desenhavam entretidas, eu me debrucei sobre uma cadeira, olhei a pequena e perguntei, intrigada, "mas o que é isso?", ela me olhou divertida, "eu numa cama elástica", pois a atividade propunha a confecção de uma ilustração para responder à pergunta "o que faz você feliz", tudo em Inglês, "mas uma cama elástica?", eu questionei, e ela me olhou, incrédula, "todo mundo fica feliz numa cama elástica. Né não?". Então eu decidi que a felicidade existe sim, sob infinitas formas, é que o nome não compreende a grandeza do sentimento, mas ele está lá, dentro da gente, como quando eu olho e vejo, apesar de tudo, o nosso futuro pela frente.

22. *A demônia enciumada*

Vive dentro de mim uma criatura que, até eu conhecê-lo [o diabo], era totalmente desconhecida e ignorada. Gostar era sentimento suficiente, não me interessava saber com quem mais ele falava, para quem sorria ou em que pensava, desde que estivesse lá para mim, desde que me fizesse sentir-se única. Houve então um momento em que nada disso mais serviu, pois, a maldição escancarada que andava com ele, não satisfeita, agarrou-me o braço e atrepou-se nos meus ombros, apropriando-se de um bocado da minha felicidade, a miserável. Às vezes, quando ia dormir com ele roncando ao meu lado, eu fechava os olhos e me transformava naquele demônio, para visitar o seu passado e para odiá-lo e amá-lo cada vez mais. Era como se eu pudesse ver as garotas de quem ele tinha gostado, as conversas que teve, os olhares que distribuiu, os suspiros que deu, os amores platônicos, que ódio!, não interessa, nada disso é da minha conta, até que o demônio veio e atribuiu essa importância absurda às coisas que já não são mais, porque, assim como ele, as águas correram por aqui também, foram tantos sonhos e amores!, tantas palavras, tantas promessas, e trocas, e expectativas ridículas, ora, foda-se!, a gente tem que viver é com os olhos da frente, cuidar que a vida está passando e não perder o espetáculo no momento em que acontece, quantas vezes o fazemos? Quantas vezes na vida a gente perde as coisas, porque estamos cegos, mas ávidos? Quantas vezes nós temos a impressão errada das coisas e fodemos com o que realmente importa, com o que realmente nos faria felizes? Porque não nascemos para possuir as coisas ou as pessoas, mas para interagir com elas, tudo são trocas!, a televisão ensina a gente ao contrário, vou subir no monte mais alto e me aconselhar com os monges mais sábios, como a gente faz para tirar esse parasita de dentro da gente?

23. *Chocolate*

Ir ao supermercado era [e ainda é] a nossa atividade mais recorrente e alegre. Passamos a maior parte do nosso tempo dentro do quarto, há uma mesa sobre a qual repousam barras de cereais e de chocolates vários, lá embaixo temos um armário só pra gente [não queremos misturar as nossas com as coisas da mamãe] e os nossos gastos com comida são maiores do que quaisquer outros. Gosta muito de comer, o monstrinho, vez e outra aprendo uma nova receita, gosto de lhe agradar o estômago, converso com as dobrinhas da sua barriga branca, parecem ter vida própria, as sapecas!, e quando andamos de moto e eu não levo sacolas nas mãos, levanto a camisa do diabo e escondo os meus dedos embaixo das banhas, lisas e quentinhas, não há pedaço daquele corpo pelo qual eu nutra mais ternura do que pelo conjunto delas. Às vezes comíamos os chocolates juntos, os olhos na lascívia do açúcar e os sentidos na saliva, a televisão ligada bem na nossa frente, a gente comia com gosto, ele fazendo barulho, eu reprovando de mentira, até que um dia ele me olhou com uns olhos safados, um sorriso que dizia tudo, "hmmmmmm", ele gemeu sem nenhuma vergonha, "esse chocolate tá tão gostoso que eu quero comer teu cu", e eu ri, quem no mundo diz coisa parecida? Nunca houve, de todo modo, centímetro do meu corpo que não fosse dele para devorar: cu, boceta, boca e todo o resto, derreti o chocolate na minha boca e lambi os seus mamilos, mordi as dobrinhas, alcancei o seu pau e chupei, todo de chocolate, enquanto a tv falava sozinha, coitada, porque era lindo e infinito quando nós dois esquecíamos aqueles instantes normais e nos afastávamos para dentro de nós e do outro, em volúpia, até que eu gozasse, como uma cachoeira, até que ele gozasse, travando dentro de mim com força no final, do jeito que eu aprendi a amar. Os chocolates andam por aí com esse quê de concupiscência, a gente morde, quebra e derrete, os chocolates e o amor da gente, até sentir mais vontade ou até enjoar e não querer mais, por ora.

24. A *ficha*

Todas aquelas canções sobre como fomos feitos um para o outro, sobre como fomos destinados a ficar juntos desde o nascimento, sobre como somos perfeitos, quando unidos, oh, meu Deus, tudo uma grande porcaria! Caiu-me a ficha, eu carrego comigo uma escolha, não preciso ser esta garota que sou, que o ama de um jeito que queima dentro dela, que faria tudo por ele, que arrancou a alma do peito, de bom grado, e sacrificou-a para provar o seu amor, mas que tola!, e desalmada! Enquanto ele se recusa a fazer coisas tão pequenas, não quer ser mandado, é o que diz, é como um moleque de cinco anos, "quando você vier para a cama, me dá uns beijinhos?", e ele diz "não quero, eu quero assim", e de repente os meus olhos estão cheios de lágrimas, que sou sensível, porque todas as escolhas são feitas por ele, todo o querer do universo, ele manda e desmanda, e pisa no meu coração, porque todos os outros maridinhos do mundo parecem ter desempenho melhor do que o desse cão!, que me busca em todos os lugares, que bate no peito e diz que não mente, que reclama para si toda a honra, que não trai, mas que é seco, como uma folha morta, incapaz de erguer a mão para alcançar o meu rosto numa demonstração de carinho, incapaz de procurar meus lábios com os dele, incapaz de dizer, mesmo que baixinho, de um jeito quase inaudível, um "eu te amo".

25. *Coisa nenhuma*

Deixou para lá, o diabo, a chance de estudar em Portugal, conhecer bocados da Europa, ter uma vida completamente diferente, e por quê? Para continuar ao lado de uma garota fraca, sensível e chorosa? Que espécie de amor é esse, que deseja estar perto, mas que maltrata, espinhoso? Eu teria ido embora, deixado tudo para trás [mas que mentira!] e esquecido a maldição, falta tão pouco!, eu fico pensando, para mim é tão difícil esnobar tudo o que aconteceu, as coisas boas e ruins, porque estivemos sempre juntos, juntinhos, deveríamos ser muito amigos, parceiros, um time pronto para arrebentar, que bosta! Deveríamos ser coisa nenhuma, mas cada um no seu quadrado, você chupando suas bocetas por aí, eu [pseudo] me divertindo com amigos e amantes vários, até conhecer alguém especial, um amor carinhoso, que goste de livros, de beijo na boca e de pontinhas de narizes geladas, que me faça as vontades sensatas, que não me destrate, que saiba me ouvir e que goste de segurar a minha mão. Machucam, as tuas maneiras brutas, as palavras encarniçadas que saem da tua boca afiada [e ensandecida], sempre penso que pago pelos meus crimes, foram os corações que parti de jeito amargo, ah, alma criminosa!, não quero mais pagar pelas tuas ofensas.

26. *Mensagem a alguém*

"Cadê você? Quero falar sobre este livro. O final da história acaba de sofrer uma mudança radical. 'Obrigada por ter ficado' está absolutamente fora de questão! Nunca antes na vida duas criaturas formaram, juntas, quadro tão caótico. Não podem ficar juntas, e isso é coisa impossível e cada vez mais clara. No fim das contas, terá sido a história de como a narradora (e heroína?) conseguiu se livrar dos dentes desse amor tão diabólico. O que você acha? É a revolução pessoal de uma mulher. Mas será?".

27. *Um capítulo sobre ele*

Ele achava que esta seria uma narrativa sobre ele. Hoje eu parei um pouco e pensei, é sobre nós e sobre mim, nunca sobre ele apenas, pois quem será essa criatura malévola que reclama para si o título de herdeiro do diabo e que vive confabulando sobre o dia em que vai voltar à terra do pai, para tratar das políticas sobre a herança? Quem será esse homem de vinte e poucos anos, de pele branca e bochechas rosadas, pernas e braços morenos do sol, que me disse outro dia que quando era criança sonhava em ter um carro bem grande, para sair pelas ruas atropelando gente pobre? Quem será esse adulto, de lábios cheios e macios, desombrado, que pensa com frieza e ~ lógica ~, que abomina as correntes esquerdistas e as perspectivas socialistas, que vê com escárnio os exageros da luta feminista, que fica entediado com a estupidez apressada das pessoas e a incompetência dos indivíduos no exercício das suas profissões? Quem será esse, que dorme e acorda ao meu lado e cujo cheiro está impregnado nos panos de cama? Porque eu olho, mas não o vejo, não sei quem é essa pessoa, quando está tirando a barba ou quando está ajeitando o pau, depois do banho, para guardá-lo na cueca; quando está de frente para o espelho, limpando o rosto com algodão ou tirando a sujeira dos ouvidos com um cotonete; quando está usando o computador e dando cliques infinitos com aquele maldito mouse; quando está matando criaturas disformes em um game qualquer; quando sai de casa para ser professor de adolescentes desavisados; quando volta cansado e de mau humor; quando não me beija, ou abraça, ou diz qualquer coisa afetuosa; quando me magoa e nunca pede desculpas; quando perde a paciência comigo; quando nunca demonstra, em seus olhos, outra emoção além do nada e do desprezo; quando só ele sabe o que pensa e sente, e eu continuo na mais amarga e dolorosa ignorância. É uma fina egoísta, a criatura infernal, e existe só para si e para o bem dos seus caprichos, não é preciso muito para concluir que a pergunta certa, neste mundo, não é para desvendar quem é esse ser maligno, mas quem sou eu, que o ama, e aceita, e continua ao seu lado. Quem sou eu?

28. *A raiva que ele me fez*

Não foi um choro meramente magoado, como a maioria das minhas lamentações, mas foi uma pequena enxurrada de lágrimas insufladas de ódio, por que tem de ser assim tão difícil?, aquele miserável, me destratando a troco de nada, sei que dei as costas e engoli essa merda gigante, a garganta virou um entalo, fechei os olhos com força e desejei ser a porra de uma bruxa, para lançar um feitiço sobre aquela pele branca, uma cicatriz permanente, dolorosa como uma queimadura fresca, "FILHO DA PUTA" bem no meio das costas, para que ele acordasse horrorizado no dia seguinte, sentindo-se castigado, amaldiçoado pelo pai, talvez, quem sabe por Deus, olhando para o espelho, estupefato, procurando entender aquelas marcas e então procurando pelos meus olhos enquanto a culpa saltava para fora dos seus, pobre diabo!, não se pode andar por aí sendo um puto e destroçando o coração [e a pele] da mulher amada e não ser recompensado por isso.

29. *O nascimento do carinho*

Às vezes são tantas as coisas ruins que nos acontecem, que a gente se esquece das coisas boas e bonitas que também sucedem na vida, às vezes em maior quantidade e intensidade, mas embaçadas pelas ruindades mais recentes. É pura verdade quando digo que ele me tornou uma pessoa mais carinhosa, que anda por aí carregando uma cesta cheia de afeto [transbordando dele] e dedicando-o às menores coisas, da unha do pé ao fio de cabelo mais fraco. Vem comigo uma enxurrada de apelidinhos carinhosos, um para cada pedacinho do seu corpo branquinho e gordinho, e às vezes eu me pego abraçada à sua perna, o nariz encostado no seu joelho, sentindo a sua carne quentinha e os pelinhos que o cobrem todo, enquanto ele joga, os olhos atentos à tela do computador. O meu corpo inteiro parece se transformar nessa configuração patética, mas terna de amor, e cada palavra, cada gesto, cada menção de agir nasce feito uma atitude carinhosa. E então eu desejo que o meu corpo possa ir adiante, grande e forte, para que eu possa erguê-lo como se fosse um bebê e envolvê-lo nos meus braços, cheirar as suas bochechas e pálpebras, beijar os seus cabelos e morder o seu narizinho, e é assim que nasce essa forma descomunal de carinho, toda faceira e exagerada, pronta para me rasgar o peito se eu não a deixo sair no momento em que grita, sufocada pelas paredes do meu corpo. Ela escorrega pelos meus olhos, narinas e lábios, alcança os ombros e os seios, entorpece os dedos das mãos e impulsiona o meu tato para a pele dele, para ele, para dentro e fora dele, pois não há satisfação longe dessas células, que são como um alimento, um combustível, *uma droga*.

30. *O dia catorze de fevereiro de dois mil e quinze*

Esses dias ele andou ciumento, tomou de mim esse fardo asqueroso e resolveu monitorar as mensagens que chegavam ao meu celular, as ligações que fiz e recebi e os meus acessos às redes sociais. Não me aborrece como o contrário faz com ele, chego até a me sentir lisonjeada, mais segura, fico pensando que é uma maneira de me mostrar algum afeto, que estupidez!, o diabo funciona como um caramujo, foge para dentro de sua conchinha melequenta e se esquece de que o amo e *venero*, a sua desconfiança faz com que ele me recuse o amor que me tem, passamos dias sem sexo e outros carinhos menores, pois aquele é expressão máxima do que sentimos, não de maneira carnal e frívola, mas transcendental e apaixonada [ahaha], e vamos nos deitar cada um para um lado da cama, extintos os cheiros e os abraços, meia dúzia de noites sem o aconchego do seu calor e aroma, penso em fazer algo para lhe acariciar o ego e trazê-lo de volta para mim, nem que seja um pouquinho só, que a saudade está grande e sufocando, sem pingo de dó. Resolvi fazer uma surpresa, desenhei e pintei de rosa um porquinho de um desenho animado a que assistimos juntos, olho para ele e vejo o rosado daquela barriguinha gorducha refletido na sua própria imagem, meu sapico!, e então escrevi as mensagens mais espirituosas em uma porção de pedacinhos de papel, distribuí-os pela parede do nosso quarto e coloquei o porquinho no final da trilha, sob um céu azul e um coração vermelho de doer. O maldito quase não levanta daquela cadeira, sabe lá o que está jogando agora, chamei-o pelo celular e reclamei da sua leseira, aborrecida, até que ele se levantou e encontrou com timidez as palavras que lhe dediquei, dia de São Valentim, o padroeiro dos casais apaixonados, terá mesmo perdido a cabeça por ter se enamorado? Perdemos todos, afinal, e a criatura desceu para fazer pipoca, enquanto eu olhava, magoada, para a parede coberta de papéis. "Eu te amo, mesmo que você não me diga o mesmo em retribuição", foi uma das bobagens que escrevi, trazendo um pouco dele para mim e ganhando um beijinho tipo esmola, mas beijo. Como é doloroso conservá-lo ao meu lado e como é espinhoso permanecer ao lado dele!

31. *O inadiável*

Conversei com uma amiga, parece que tenho adiado o inadiável, "ele não te merece", e eu reflito, mas de repente eu sinto uma fisgada do lado de cá do cérebro, uma vozinha amaldiçoada me implorando para escrever sobre as memórias felizes, sobre o amor que eu deixei naquele corpo, nas banhas!, branquinhas!, as banhas do tinhoso, na barrigota, nos ombros, no pescoço, em toda parte! Amei-as todas, apaixonadamente, que não suporto a ideia de não as ter só minhas, vade retro, Satanás!, para trás de mim, que isto não está certo! Ele me endoidece, da cabeça aos pés, me odeia, a criatura, porque nunca na história isso foi chamado amor, não tem a menor consideração por mim, esquece-se de me avisar das coisas, só pensa em si, só quer para si, porque se fosse o contrário eu seria fulminada! Mas eu não tenho direito de nada, ele brinca com os meus sentimentos, estou toda pisada, decidi pensar nas coisas ruins, criar dentro de mim uma aversão, porque se deixo de gostar tudo há de ficar mais fácil, malditos ouvidos!, estão concentrados no barulho do portão lá embaixo, ele não chega nunca, meu corpo não me obedece mais, que ódio!, como eu o amo e como eu desejo amá-lo ainda mais, o meu crucificador!, pois desde o princípio quebrei a minha alma em dois pedaços, alimentei-o com o mais generoso deles e enfraqueci, lançando fora a razão e o bom juízo das coisas. Ele entra no quarto e me olha com desconfiança, sabe que não estou normal, sabe que trago raivinhas comigo e que vamos discutir, sem nenhuma razão que valha a pena, mas porque eu sempre tenho de estragar tudo e me arrepender depois, com amargura.

32. *Um grito silencioso*

No escuro, depois de sentir as lágrimas escorregarem pelo cantinho dos olhos, depois de ter me desentendido com ele, eu abri bem a boca e gritei, um grito forte, rasgado e silencioso, feito para os ouvidos de Deus, para lamentar os meus ciúmes infundados e o momento em que ele me olhou e disse que não aguentava mais, que logo estaria sentindo aversão a mim, oh, Deus!, quando foi o dia em que ele deixou de ser ciumento e paranoico e eu me tornei assim em seu lugar, para encontrar nas palavras do diabo os espinhos mais pontiagudos, "você é desprezível", "previsível", "discutível", o amor se acabando, as dúvidas crescendo, as sombras sendo lançadas, sobre nós, sobre o que sentíamos e sobre o que restou de sentimento, que então hei de fazer com essa forma de amor?

33. *Uma forma de medo*

Hoje eu sonhei, ora, a palavra não é boa, porque tive um pesadelo, você me traindo com essa menina que se achegou à sua família, foi terrível!, você admitia tudo, e era tão doloroso!, até que seu rostinho virava outro, o de uma pessoa que eu não conhecia, não porque eu te bati e esmurrei até cansar, incrédula, mas porque você se tornou mesmo outro, outro rapaz, sorriso de diabo no rosto, mas com outros olhos, outra boca, outra cor nos cabelos, e então eu entendi que não te queria mais, porque você agora era outra pessoa, não quem eu costumava amar, que horror!, acordei morta de medo e te olhei, doentinho ao meu lado, para sentir que amor nenhum havia passado, apesar de tudo, pois você continuava o mesmo, até ali, e eu respirei aliviada e enxuguei uma lágrima enxerida. Voltar a dormir, depois dessas horas, nunca é fácil para mim.

34. *As pequenas e fugidias graças do sexo*

Houve esses dias em que nós caíamos na risada antes [e durante] o sexo, coisa muito espontânea e curiosa, éramos incapazes de levar o ato a sério e as risadas se misturavam às carícias, chupadas e estocadas, que bizarrice! Os meus olhos encontravam os olhos dele e de repente as gargalhadas chegavam, engasgadas, e então ele me dizia, "não, sério", e a gente ria outra vez e um bocado, antes de cedermos ao desejo da carne e eu começar a falar safadezas, toda excitada, e me movimentar como se fosse profissional, como se fosse a mulher mais sensual do universo em que vivíamos, nosso refúgio e existência singulares. Eram tão [inexplicáveis e] gostosas, as risadas!, e tão sonoras, acompanhadas às vezes por algumas cócegas, até que o fôlego escapava com elas e a gente precisava se recompor, os dois, para poder voltar à realidade do sexo. Alguma coisa dizia então dentro de mim que éramos bons amigos, mais até do que amantes, amizade de um companheirismo inigualável e que se sobressaía nos momentos bons, coisa que se perdia logo e facilmente depois de uma briguinha, como é possível que as pessoas se percam umas das outras assim, sem o menor trabalho, e o que antes parecia tão imenso e especial perca o valor num piscar de olhos, como uma sexta-feira fechando em queda na bolsa de valores? É assustador, mas é assim mesmo que vejo, os sentimentos às vezes se assemelham a números, malvados e desoladores, e a gente acaba compreendendo tudo mais depressa [e mais tristemente], e vê que o amor da vida da gente pode ser tudo e nada ao mesmo tempo e, quando tudo acaba, ele se torna só mais um capítulo, lido só Deus sabe quando, e já não importa mais, mesmo quando um perfume conhecido nos assalta as narinas ou quando a gente passa pelos lugares que frequentamos juntos e vive a vida de um jeito que já aconteceu antes.

35. *Primeiras impressões*

No começo, as coisas eram muito diferentes. Havia olhares, carinhos, elogios e sorrisos que diziam bastante, abraços cheios de saudades e braços e pernas enroscados de encantamento. Um dia ele me disse que eu tinha o rosto bonito e que isso o tinha atraído, o jeito como os meus cabelos complementavam os olhos, os lábios e o sorriso, conjunto deliciosamente apreciável no dia em que nos encontramos pela primeira vez, para beber umas cervejas e depois trocar uns beijos sob aquela árvore, ele me olhando, eu olhando de volta e nenhum de nós querendo voltar para casa, "ainda não", "fica só mais um pouquinho", "deixa estar, o carnaval está chegando, passo a noite com você", eu respondi, porque só os beijos não eram suficientes. Não era pra ser, juro que não era pra ser, mas por alguma teimosa razão aconteceu, do jeito que eu contei, do jeito que o carinho e a saudade sem fim deixaram que fosse, doce como um pavê de leite ninho com cobertura de chocolate. Ele viu uma foto minha com o meu irmão, suspeitou que fôssemos um casal e fez disso uma piada por meses, até, "Essa não é uma daquelas famílias bizarras em que o irmão come a irmã e eles seduzem um cara para engordá-lo antes de matar e comer, é?", ele perguntou, talvez por ciuminho, talvez para fazer pouca graça, quem sabe os dois, que nada disso mais importa, são coisas que já passaram, é o fim que enfrentamos agora, quem dera fosse um recomeço, mas a gente definha um pouco mais todos os dias, que tristeza!, se eu pudesse voltar no tempo, só um pouquinho, eu nunca teria dito que amanhã passaria lá para espiar o sorriso daquele professor, e então, suponho, todas as coisas teriam sido diferentes, nunca teria havido um primeiro fim, as palavras de morte e a minha decisão de perdição.

36. *Sete dias na praia*

O país inteiro estava em polvorosa, os turistas invadiram a nossa cidade em um número maior do que o de costume, o futebol faz dessas coisas, gente protestando do lado de fora dos estádios e o restante da família brasileira com as televisões ligadas, mesmo nós, que não gostamos do esporte, mas que acompanhamos para fazer torcida a favor dos times adversários, e não porque negávamos o amor que sentimos pela nação a qual pertencemos, mas por pura e simples lógica, pelo menos aquela que funcionava dentro da nossa cabeça. Fizemos algumas compras e fomos passar uma semana na praia do Icaraí, minha cunhada andava fazendo pesquisas no exterior e a sua casa estava sozinha por aqueles dias, exceto pela presença da cachorra e da gata, a quem alimentamos e fizemos bastante carinho, pelo menos eu sei que tenho esses bichos em conta mais alta do que aquela que dedico às criaturas da minha espécie, mesmo as de boa qualidade. Foi ele quem cozinhou a maior parte das refeições, naquela semana eu aprendi a fazer ovos cozidos e aprontei uma macarronada, ficou gostosa, a enxerida, e quando o gás que alimentava o fogão elétrico acabou, ele inventou o fogo e acendeu a churrasqueira, ê, diabo atrevido, trouxe as manhas de casa, obviamente, e cozinhou o arroz e fez aquela farofa de ovos deliciosa, foram dias de fato felizes, encerrados por uma caminhada na praia vizinha, depois de um almoço que custou os olhos da cara e de mãos dadas com uma conversa sobre a vida e o universo, e eu brilhei como uma nebulosa, que felicidade!, ou como uma supernova, porque o amor que eu sentia não cabia mais em mim e saltava por cada poro, pronto para explodir. Foi uma semana turbulenta, também, com um par de brigas feias, os ânimos exaltados e os ciúmes, porcos e selvagens, atrapalhando a calmaria daqueles dias ventilados e cheios de maresia.

37. *O abandono no sofá*

Na frente daquele sofá gigante da minha cunhada tinha uma televisão generosa, cheia de canais por assinatura e de programações interessantes, nós assistíamos a desenhos e filmes sem fim, comendo algum doce que ele tinha acabado de inventar ou os meus lanchinhos de sempre, não havia mais nada que nos cobrasse atenção, e permanecíamos deitados e atentos, ora sérios, ora rindo, e a vida era boa e sem nenhuma pressa. Houve vez em que olhei para ele e de volta para a televisão, acho que falávamos das propagandas, dos sorrisos e da vida que parecia perfeita, e então eu me lembrei dos meus sonhos doces e infantis, "Às vezes eu queria viver dentro de um filme", falei, perdida em sono e sonhos, "Pra quê?", ele retrucou, "Pra viver só duas horas? Pra viver sempre as mesmas coisas e depender da vontade dos outros para assisti-las e você poder existir?", ele completou, e então eu refleti, com tristeza, porque no fim das contas ele sempre tinha razão, e por mais que as pessoas tentem, as poses e os filtros não são reais e a vida da gente sempre acontece de um jeito diferente da maneira como é retratada, pular de filme em filme [de sonho em sonho] me parece uma ideia melhor, coisa que valeria mesmo a pena, mesmo que não haja nisso a menor razão.

38. *As baratas e eu*

O nosso relacionamento acabou. Tenho dúvidas até sobre a existência de alguma amizade entre nós, sei que dividimos o mesmo quarto e aqui e ali trocamos alguma conversa, mas... Depois das reticências vem o nada e eu me pergunto o que ainda estamos fazendo aqui. Não há amor ou sexo, posso e não posso falar por ele, embora seja exatamente essa a minha percepção das coisas. Por que ainda estamos juntos? Por quê? Eu tomo banho depois de dançar por uma hora e digo para mim mesma alguma coisa do tipo "vou esperar que ele pague o que me deve na próxima fatura do meu cartão de crédito, só mais um mês, e então eu me arranjo", mas que espécie de porra de pensamento fodido é esse?, eu me pergunto em seguida, mas não me sinto culpada, porque eu olho para ele e tenho a certeza de que nem me ama, nem me quer, que seja lá que droga ele sentia, hoje não o sente mais e, além disso, têm minguado até o desprezo e o ódio. Nada tem ficado para trás, nem mesmo as baratas, e aí ele há de pagar a fatura do meu cartão e depois? O que eu vou fazer depois? Mandá-lo embora? Com que coragem? E então ele vai ficando um pouco mais, sempre aqui perto, sempre dentro do quarto, e para quê? O que o prende a este lugar? Se não gosta de mim, se não me deseja, se não tem ânsias de me tocar, beijar, abraçar, respirar?

Se não quer fazer amor comigo, cheirar o meu pescoço durante o sono, aconchegar-se ao meu corpo, dizer qualquer coisa carinhosa, ser meu amigo e amante? Eu não sei a que pé da coisa toda nós estamos, sei que olhei o poste lá fora e fiz da sua a luz de uma suposta lua, muito mais triste do que qualquer outra coisa, naquele momento, e então eu agradeço às baratas por me fazerem sentir-se como o lixo que sou por causa dele, uma alma pedinte e asquerosa, com uma casca quebradiça e um espírito melequento. O infame arrota, alheio a mim, alheio a tudo, porque eu não existo mais na porcaria desse relacionamento, que relacionamento?, sou tão indefesa quanto elas, tão perdida e tão sozinha quanto elas.

39. *A pior das solidões*

Hoje eu contemplei o vazio. Não é a primeira vez que o faço, mas a intensidade dessa ocasião mais recente me compele a escrever, com tristeza e fúria. E no vazio eu estava, na companhia dele, para descobrir que eu não poderia estar mais sozinha, num lugar mais escuro e silencioso, porque eu flutuava no meio do nada, compreendendo todas as coisas de uma vez só, e a minha cabeça doeu com força e eu o procurei, em vão, porque lá no fundo eu sabia que não o encontraria em lugar algum que estivesse ao meu alcance. Eu fechei os olhos e respirei, de nada adiantava deixá-los abertos, e entendi que éramos meros colegas de quarto, quando ele veio se deitar ao meu lado e esqueceu que eu estava logo ali, cálida e amorosa, pronta para ser sua de todas as maneiras possíveis.

40. *Dizem que a vida é um doce*

Esses dias ando uma fina doceira, vamos ao supermercado e as sacolas voltam cheias de caixinhas de leite condensado, creme de leite, chantilly e outras doçuras, porque dei para procurar receitas no mundo on-line e transformar em minha a cozinha da mamãe, ela não gosta de cozinhar, de todo modo, e eu me aventuro entre batedeira e travessas, mergulho a colher de sopa na caixinha de amido de milho e fico ao fogão, mexendo sem parar todos aqueles cremes, porque ontem ele me disse "não é fácil manter esta forma, entende? É preciso comer muito e bem, além de descansar bastante", e eu concordava, ser gordinho não era mesmo uma tarefa simples, e não me causava nenhum desgosto, estar no calor da cozinha, porque ele comia tudo num piscar de olhos e aquilo era para mim uma espécie de realização. Então eu espalhava pela casa o perfume do morango ou do chocolate, deixava cada creme esfriar enquanto eu lia o capítulo de algum livro, uma trança assim de lado e caindo sobre o meu ombro direito, às vezes com a trilha sonora de algum filme de que gostei tocando ao fundo, no computador, detrás das abas que mostravam ingredientes e receitas sem fim.

41. A última madrugada

Foi dormir, o diabo, depois de comer bem e de assistir a uns episódios de uma série de comédia famosa. O seu celular estava ali, abandonado, e nem me passava pela cabeça procurar razão para estragar todas as coisas outra vez, eu vinha me esforçando bastante para ser perfeita, apesar da falta de carinho, e de sexo, e de... tudo. Mas a curiosidade foi maior e eu encontrei uma dúzia de mentirinhas que me magoaram profundamente e que me fizeram enxergá-lo de outro modo, pois antes era para mim como um herói, homem que não negava a verdade e cujos culhões estavam sempre prontos para defender a sua honra. Acordei-o possessa de raiva, exigi que me contasse a verdade, porque eu tinha direito de sabê-la, perguntei insanidades, mas a decepção só se multiplicou depois que ele avaliou as mentiras e permaneceu calado, "é você quem está me acusando", ele disse, e a decepção cobriu-me os olhos e tomou as minhas mãos, e eu puxei-o para fora da cama e atrapalhei o seu sono, mas então ele me deu um chute bem no meio das costas, não sem força, e depois esmurrou o meu braço e me chutou outra vez para fora da cama, fiquei olhando-o incrédula, porque nunca imaginei que ele fosse capaz de tanto, ele ainda não estava satisfeito, e quando o chamei de "covarde" e "mentiroso", comparando-o a uma criatura com quem eu tinha me relacionado anos antes e que tinha mentido para mim do mesmo jeito, para então ir embora e me deixar cheia de dívidas, ele me odiou e me deu um soco na boca do estômago, eu dei uns passinhos para trás, com dor e horrorizada, e então eu soube que nada mais seria necessário para que eu soubesse que era o fim: havia as mentiras, e os últimos dias e então aquele soco. Decidi que nenhum dia a mais, nenhum dia a menos: ~ quando estivessem arrumadas as contas e certos pequenos compromissos, ele iria embora dali ~.

42. *Este pedaço de bosta que ama*

Não pouco. Mas de um jeito imenso, embriagante, sufocante. O amor tamborilava nas pontas dos meus dedos, doido para passear, para abandonar o meu corpo, cansado e superlotado. O pescoço doído, os ombros curvados, tamanho era o amor que eu sustentava, além da tolice e de toda a estupidez que também estavam lá. E o pior de tudo era que eu não sabia o que fazer com toda aquela sensação de abarrotamento, parecia que tudo dentro de mim e na minha superfície havia sido convertido em amor, os meus órgãos e o meu sangue, a minha pele e o meu suor, e então os fios dos meus cabelos estavam oleosos, ensopados de amor, e eu parecia sempre frágil e sem jeito, até mesmo para amar. Se eu me olhasse no espelho neste instante, sentiria nojo de mim mesma, por ter me entregado tão apaixonada e facilmente, por ter sido essa grande bosta de pessoa, uma bosta que ama, coisinha repugnante e burra, porque não existem fezes dessa qualidade. E somos todos culpados, indivíduos dessa sorte, que se permitem viver esse tipo de coisa em nome do amor [amor? amor?], tentando ser convencidos, todos os dias, de que amamos, quando na verdade não sabemos amar e nos destruímos, um pouco mais a cada novo segundo.

43. *Salvação*

Quero começar este capítulo falando da formiguinha que salvei esta semana: os gatos a perseguiam pela sala e ela fugia, desesperada, então eu tomei um pedaço de papel higiênico e a ofereci, para que o escalasse e pudesse salvar a sua curta e frágil vida, para fora da janelinha do banheiro e rumo ao mundo sob chuva lá fora. E apesar de não ter entendido coisa alguma, ela confiou em mim e depois se foi, para longe das patinhas pesadas dos meus gatos travessos, oito ao todo, e eu trago essa mania comigo desde criança, quando punha açúcar do lado de fora da casa para alimentar as pequeninas. Mas depois dessa lembrança me ocorreu que eu estava sozinha no banheiro e na vida, e então eu tirei a roupa e me olhei no espelho, "por que uma garota tão bonita está assim tão triste?", eu me perguntei, pensando numa improvável salvação, porque a vida das formigas é mais simples do que a nossa, e eu senti o vazio massivo dentro de mim, como se tivesse passado por aqui um furacão, deixando para trás um monte de ruínas e cores cinzentas. Serão quantas as decepções até que eu aprenda? Será que hoje eu vou olhar para ele e conseguir amá-lo? Será que amanhã de manhã essa ternura maldita terá ido embora e deixado em seu lugar uma montanha de rancor e mágoa, para que eu possa começar a trabalhar a ideia de que, mais uma vez, estou oficialmente só? De que, mais uma vez, fui enganada, a idiota, porque as pessoas são assim, simplesmente contam mentiras e acham que está tudo bem? Eu amaldiçoo este sentimento que me aflige o peito, este beliscão de inferioridade, estes ciúmes e este rancor, porque não quero que sigam comigo, não desta vez!, é hora de traçar caminhos mais tranquilos e desapegados, porque todas as coisas são passageiras, as pessoas vêm e vão, e é tempo de viver sem muitos fardos, merecemos todos um pouco de descanso.

44. *A giromba*

Antes dele, não havia palavra semelhante. Mesmo que eu tenha sido uma ávida leitora, mesmo que tenha visto uma infinidade de vídeos pornôs [nah, não foram tantos assim], mesmo que tenha feito pesquisas sobre o cunho sexual da vida, não tinha ainda chegado até mim essa bendita palavra. "Curtiu o gingado da giromba?", ele perguntou uma vez, depois do banho, balançando a ferramenta do diabo para lá e para cá, como costumava fazer algumas vezes. Ah, eu ri. Porque aquele era um dos tantos que moravam nele de quem eu gostava pra caramba, um diabo simpático e bem-humorado, carinhoso também, que imitava uma galinha desvairada no calor do deserto, tão engraçado!, pois era aquele homem que eu amava, não este monstro que vive cá nos últimos dias, não este demônio que me bateu e então perguntou, no dia seguinte, "Tá achando que apanhou pouco ontem? Quer apanhar mais?". Não tinha, antes de começar a escrever, esta intenção de misturar o velho e o novo, porque, quando as lembranças vêm desse jeito, tudo fica mais difícil, não sei se me aparto delas ou se volto a exercitar o ódio e o asco, para que ele se vá sem que haja sofrimento em mim, sem que eu tenha ímpetos de me desesperar e arranjar um apanhado de soluções idiotas, coisa que já me vejo fazendo.

45. *Boca de cachorro louco*

Veio ao mundo com um defeito, o diabo, compensado pela riqueza e textura dos lábios, pois nascera com a arcada dentária desigual, a parte de baixo escapulindo para fora, mais do que a parte de cima, e ele tinha essa maneira de sorrir como a daquele cachorro Muttley, exceto pela risada infinitamente superior em maldade e pelo mau humor absolutamente mais descompensado, veja só. E era um cachorro louco e rancoroso, não demonstrava fraquezas nunca, quero dizer, apenas quando se irava de maneira injustificada, pois parece ter decidido, antes de me conhecer, que seria um verdadeiro canalha nos dias futuros, e guardaria para si os pedidos de desculpa e as lágrimas sinceras, transformando toda a culpa e a modéstia em olhares assassinos e palavras ferinas, pobre desgraçado, quantas vezes as coisas poderiam ter sido diferentes se ele tivesse aberto mão desse comportamento maligno e irracional? Mas deixe que eu seja a pessoa razoável, aqui, porque em nenhum momento fui obrigada a estar com ele [?], faltaram e ainda faltam as forças para mandá-lo embora e permanecer de cabeça erguida, quem se importa com algumas contas atrasadas? Ele não vale a pena de não as ter, não mesmo, e custo a acreditar que aquela mesma boca, cujos lábios macios e deliciosos já me beijaram tantas vezes [em dias que não me atrevo sequer a definir, pois parecem falhas da minha memória amedrontada], seja a mesma que guarda aqueles dentes afiados e desiguais, que vieram para mim através desse homem endiabrado e mau, para estraçalhar meu coração e meu juízo, e o que mais houver para além disso. Ele tem uma boca de cachorro louco.

46. *Estacas no coração*

Você está sentada sobre a cama, vestindo uma calcinha branquinha de algodão e uma camisa do Ben 10. Você está desconcertada, pensando em como há de sobreviver aos dias que virão, sabendo que o campo de batalha já foi há muito abandonado e que vocês dois não passam de cadáveres apodrecidos no chão. Você então aumenta o volume da música para conseguir ignorar a presença funesta que ocupa o seu quarto, para ignorar os ruídos e os arrotos, para ignorar as lembranças, boas e ruins. Você encontra um par de filmes a que ainda não assistiu porque estava ouvindo uma e outra trilha sonora bonita, canções que encheram os seus ouvidos e roubaram o seu coração, pelo menos por alguns minutos. E a música faz com que você se sinta segura e mais forte, como se retirasse, uma a uma, as estacas que jazem no seu coração. E as notas preenchem o vazio do campo e dos seus corpos fétidos, afasta para longe a fumaça e o odor da decomposição, e devolve a vida, ainda que temporariamente, aos seus nervos espatifados. A música faz com que você enxergue o mundo ao seu redor com mais propriedade, e você vê as estacas pontiagudas e sangrentas no chão, e se pergunta como foi possível que as coisas tivessem chegado àquele ponto. "De onde elas saíram?", você não compreende, "por que eu não fui capaz de perceber?", mas você foi sim, mais do que qualquer outra pessoa que os tivesse observado, de longe ou de perto. Mas assim como você ignora o horror e a dor que cobrem as suas entranhas à medida que a música vai se esvaindo, assim mesmo você ignorou as passadas fortes e as estacas que ele trouxe consigo. Fingiu que não viu cada uma delas e que não sentiu cada pancada forte que as enterrou dentro do seu peito. Os dias de glória passaram e você se transformou nesta mulher absurda e perfurada, para onde foram o bom gosto e o bom senso, para que você tenha aceitado essa criatura malévola e sombria dentro do quarto e sob os lençóis?

47. *Eu não te amo*

Eu não te amo. Eu tenho nojo de você. Odeio a sua respiração, os seus bocejos, o modo irritante de cantarolar. Tenho repugnância da sua presença, asco dos seus peidos e arrotos, de cada coisa que sai do seu corpo, do seu hálito, do seu calor, da sua vida. EU NÃO TE AMO. Amaldiçoo o dia em que te conheci e amei, cada beijo, abraço e orgasmo, cada minuto de companheirismo, cada favor, cada troca. Desprezo o tempo que passamos juntos, as brincadeiras, as piadas e risadas, os presentes, os segredos que compartilhamos, para o diabo!, você, maldito, que não passa de uma farsa repulsiva, uma grande e escrota mentira, mestre da filhaputagem, pau no cu, filho do Outro! Eu odeio você.

– entredias –

I.

Ana não existe. Respirei fundo e gritei: angustiada e silenciosa, aqui do canto da sala onde estou sentada. É claro que ninguém percebeu; as pessoas não andam interessadas em notar essas coisas. A velha fala, os colegas falam, pensadores e romances, obviedades aborrecidas, eu reviro os olhos, mentalmente, e me vejo, presa e maltrapilha, nesta armadilha fodida que é a pergunta "who the hell are you?". Ultimamente, já algo antes e depois do fim do que tivemos, coisa lúbrica e equivocada, tenho passeado por aí com o espírito perturbado. Ê, mulher, maldita seja! Desde que porcamente me entendo, tenho a alma esburacada, o coração sempre insatisfeito e os neurônios ansiosos, incapazes de pensar com clareza plena. Não sou sensata e para isso não há solução. Convenço-me, sempre mais, de que é coisa para daqui e para sempre mesmo, de que nunca encontrarei paz em lugar nenhum, não por muito tempo. Ah, Ana, teus olhos estão sempre cheios de lágrimas, mesmo quando a vida te parece boa, mesmo quando um homem bonito e gentil segura a tua mão sobre as pedras, debaixo do céu infinito e azul, à beira do mar. Que falta que te faz! Essa coisa imensa, descomunal e desconhecida, continuamente Coisa, até que você definhe e morra, vazia e sozinha como no dia da tua chegada. Pobre Ana. Para ela nunca haverá completude, de qualquer espécie.

II.

O desgraçado tocava fogo no inferno. Eu não sei, sabe lá, é papel? Eu risco. Chegamos aqui de maneira desesperada, do lado de lá e do lado de cá. Eu fui embora dele e busquei uma felicidade inexistente [absurda] e superficial, lá na beira do mar, debaixo do céu estrelado e, enquanto escrevo, sinto o cheiro atrevido desse perfume novo que comprei, junto com esse modelador preto que me deixa apetitosa e faz com que eu me ame mais. Mas não era só o céu, os olhos dele também eram cheios de estrelas e, por mais que eu olhasse aquele azul, feliz de me ver e beijar, não conseguia querer bem a eles como queria bem aos olhos de carvão da maldita criatura, porque saí amaldiçoada do primeiro beijo, quem sabe, maldita hora em que o desejei. Foram dias poucos, serenos e cheios de ilusão, mas mesmo a falsa paz era ainda melhor do que o sentimento de miséria que a companhia dele me trazia. Condenada hora em que resolvi ouvir o que o psicótico tinha a me dizer, em que ouvi e assenti, em que o aceitei de volta, sob covardes e quebradiças promessas, que ele descumpriria logo, uma a uma, dali a alguns dias. Eu esperava que, em algum momento, tornar-me-ia heroína, do tipo que se recupera, bate a poeira da roupa, levanta com a cara cheia de vergonha e amor-próprio e manda embora esse inseto fodido e desprezível que a maltratou e transformou a porra do mundo em um universo de lágrimas tremidas e histéricas. Três, quatro dias? Joguei sua carteira no meio do seu peito, com ódio, por me abandonar aos poucos, e em retribuição ele me sufocou o pescoço, para depois me apertar os pulsos com força, porque não há no mundo uma narradora mais patética, mais fraca, mais perdida. Que sou eu fazendo isso com a minha juventude?

III.

Eu me sinto muito só, todos os dias, e só isso explica o flerte, coisa de ontem, na recepção do dentista, com aquele velho caquético e de nariz vermelho, a perna centenária roçando no meu jeans, e eu me sentindo linda e adorada, com a pele de menina e os cabelos de donzela guerreira, contrastando a minha figura na dele, de esguelha, pelo espelho e para ver, com mais precisão, os detalhes da beleza que eu carrego. Convenço-me assim depois de me olhar no espelho e ser olhada de volta, olhos escuros, bochechas rosadas e lábios como flor. E quem me beija? Sim, porque eu gosto de beijar. E a criatura? Não sei do que ela gosta, seus ciúmes se transformam em espinhos, e eu me vejo bem sentada nessa sala escura, com um dos meus vestidos leves, observando-o enfiar, um a umzinho, os mais afiados no meu peito, e o que eu faço? Choro, e reclamo, e nada. Por que não quero a quem me dê tudo e não só dor? Por que ele?

IV.

Comprei um café pequeno e um pedaço sem graça de brownie que me fez perder a vontade de comer bolo de chocolate para dali até três séculos. Fiquei por acolá sentada, no intervalo da aula, procurando aqui e ali alguém que eu pudesse paquerar, alguém que me salvasse a vida, tivesse essa pessoa outro alguém ou não para cuidar. Ando cá o tempo inteiro exalando essa coisa… esse desejo caralhudo, essa alguma coisa que me impele a todos, todos, todos, eu e a minha solidão, a minha loucura, a minha histeria. O diabo tinha me escrito alguma coisa, com a qual pouco me importei, porque antes disso eu tinha escrito para o meu primeiro grande amor e, veja só, ele respondera!, e o cão foi então substituído, estratégia minha e muito desesperada, coisa que faço desde menina, me quebram um brinquedo e já tenho outro em seu lugar, são sombras, todas as coisas, e um eterno tapar de buracos. Vieram para perto de mim, R. e sua amiga, falando de Lesbos e pompoarismos, da prisioneira de Proust e, sem saber, do desejo que eu tinha sufocado dentro de mim. Quis ter as duas, desapontada que estava, por ser da qualidade que sou, barata, baratinha, fraca e então patética, como uma mancha de sujeira na porta, Deus sabe até quando conseguirei fazê-los acreditar no contrário, o espelho e todo mundo mais. Eu sinto muito por mim, quase o tempo todo, por ter nascido assim, cor de rosa e açucarada, feito algodão doce. É um aniquilamento.

V.

Cervejas. Estranhamento. As músicas que escolhi. A sedução. A desconfiança. A pele. Meu quadril. Meus seios. A boca dele. Os lábios dele. A língua dele. O pau dele. Meu gozo.

A vida começa e acaba aí.

E eu vejo o anjo no diabo, e toda a luz, e toda a escuridão, antes e depois de morrer.

VI.

Não há mais nada para escrever, não é? Que há? Chegamos ao fim. Estamos com o vento, rumo ao naufrágio. Melhoro: já naufragamos, mas nos agarramos, imbecis que somos, a um pedaço de madeira já há muito apodrecido. Ê, visão severa. Pois sim. Calo-me, que porra nenhuma restou para ser dita. Meu bem, que grande erro! Sou feita de matéria que não é para o seu bico, grosso e frio. Não mereço esses maus tratos, por mais tola, carente e ~ histérica ~ que seja. Você não me merece, agora vejo. Fui feita para o amor, violento e pegajoso, sexual e aniquilador, sublimador, su-bli-ma-dor. Que há para debater, para insistir? Te querer. É uma tortura recíproca, este nosso amor.

VII.

O meu é um amor proustiano do caralho. Já dizia Aristóteles que o desejo só deseja não mais desejar. Então eu anseio por ver morto o próprio diabo, de quem, no entanto, não consigo estar separada, por mais breve que seja o maldito momento, por menor que seja a danada ausência. Estou sempre condenada ao sofrimento ou ao tédio, e saio por aí reclamando a condição de quem ama, como se de fato o fizesse, mas, se não amo, então que nome é dado a isso? "Ciúme", apenas? Deixar de sofrer e deixar de amar são para mim a mesma coisa.

VIII.

Entre os dias, fechei os olhos e senti. Dentro e fora de mim, teu baixo ventre colado ao meu. Éramos os acrobatas de Vinícius, as línguas de Drummond. Então eu olhei para a única árvore, a alguns metros dali, cujo símbolo, fundado outrora, acabou por extinguir-se, por tua causa, L. Que agora é minha também.

IX.

Para L.

"Perto de muita água, tudo é feliz", era coisa que se dizia no Mundo, desde muito antigamente, no formato da voz de um velho esperto e contador de histórias, que tinha no nome uma flor. Eram palavras mágicas, vindas de um livro de um outro lugar, como um encantamento permanente e fugidio. E por causa delas havia o Mar, todo sem fim, que existia até o horizonte azulado, onde as nuvens grandonas e branquinhas faziam um carinho nas águas. E do lado de lá da praia havia umas rochas escuras e bonitas, às vezes cobertas de conchinhas, às vezes lisinhas e brilhantes como as pinturas das casas do outro lado do Mundo, longe e perto do litoral, não se sabia ao certo. Do lado de cá havia uma areia sem fim, muito fina e clarinha, e tudo ali era muito limpo e bonito, porque não havia lugar para a feiura trazida por qualquer sujeira. Eram muito rigorosos, os homens e as mulheres que trabalhavam e passeavam no verde azul do Mar, quanto à manutenção e ao arranjo dos grãos de areia e também quanto ao movimento das ondas e ao bem-estar dos bichinhos que moravam no meio delas. E havia na praia um homem e uma mulher, que caminhavam com as mãos dadas e os dedos entrelaçados, engolidos pelo Sol e pelo Vento, cujos raios e cujas rajadas, lá e cá, existiam como pequenos e reverentes deuses dedicados à exaltação daquele par de seres solitários e encontrados. Havia calor e também sorrisos, porque eram sorridentes, as criaturas, e pareciam se gostar com muitos bocados de sentimento, sobre a areia só ou no meio das pedras também. E quando andavam, nas suas passadas, a água encontrava seus pés e tornozelos, enquanto diminutos sólidos rabiscavam, em círculos e coisa espiralada, o chão debaixo deles. Então houve hora em que o homem e a mulher se perderam, de propósito, do lado de dentro das pedras, bem onde havia água reunida, não feito ondas e movimento, mas feito lago, límpido e tranquilo. E peixinhos, pequeninos e vestidos de cores várias, nadavam dançantes entre eles, pertinho dos dedos dos pés e das mãos, bem lindo quadro e infinita vida, qual um sonho esticado, mas muito nítido. E das suas bocas nasceram beijos salgados e doces, e a pele escorregou, molhada e apaixonada, e escondida nas pedras diante do Mar. Ninguém viu ou ouviu. E o Tempo deixou de existir por muitos momentos eternos, porque era esse o desejo deles, e o Desejo foi mais forte do que todas as outras Coisas.

X.

Não falei sobre muitas coisas. Não falei sobre o dia em que desbravamos a cidade no carro velho do pai dele, em que nos hospedamos num resort abandonado, em que trepamos em frente a uma igreja, e gozamos, extasiados, enquanto a vida condensava do lado de cá do vidro. Não falei dos pedidos de perdão, das promessas infundadas, dos sonhos falsamente renovados, sabendo eu que nada seria como nos primeiros dias, como antes, como nunca tinha sido. Não falei que tudo recomeçou, não falei dos novos abandonos, das rudezas reformuladas, das humilhações evoluídas, das noites bêbedas e povoadas de ameaças de morte, da faca à cintura, da perseguição pela cidade, das novas tapas, dos novos socos. Não falei do último dia em que ele me bateu: agarrou-me a garganta e apertou, com força, com a morte, sem a razão, sem olhos que vissem. "Por favor, vai embora", eu implorei, sem voz, sem respiração, sem lágrimas e sem sucesso, pois ficou o diabo, dizendo que agora ficaria para sempre, que eu chamasse quem eu quisesse, que ninguém o tiraria de lá. Não importa o que ele diga, não importa o que você diga, não importa coisa alguma nesse mundo, que nada do que eu fiz foi razão para que houvesse a violência que ao lado dele eu vivi. Não é assim que se retribui amor. Por favor, não deixe que ninguém te convença do contrário. Não é assim que se retribui amor.

PARTE II

– ele, passarinho (ou o amor sem dor) –

Prólogo

Fujo, e com pressa. Era vinte e sete de março de dois mil e quinze. Era o dia do meu aniversário e ele me deixou. Deixou-me, voltou [depois de algum tempo], deixou-me outra vez, deixei-o, deixei-o para sempre. Como vivi, como respirei, como so-bre-vi-vi: não sei. Sobre todas as coisas que não escrevi: não sei, igualmente, mas sei de tudo, e dói, dá um medo, e do medo fujo, como fugiria o diabo da luz, assim fujo eu das lembranças, malditas, todinhas!, como doem!, como rasgam!, como sangram!, acabou-se o peito! Amaldiçoado seja o dia em que tu nasceste: amo-te do acordar ao adormecer, nunca menos, nunca mais, mas o tanto que te amava quando te deixei. Te amarei para sempre e confessá-lo é, por si só, uma infâmia. Sigo, entretanto, sem gostar mais de ti. Salvo-me. Esqueço-me [mesmo quando lembro]. Ignoro as notas, as imagens, as mensagens e as provocações. Há, diante de mim, uma esperança, à qual me agarro desesperada e apaixonadamente. Ainda não sei como hei de estragar tudo pela segunda vez. E, apesar de desejar não o fazer, foi contigo que aprendi esse bocado do meu destino, dos caminhos que não serão mais teus, mas de outro. Dele, que é passarinho.

48. *Lana Del Rey*

A gente estava pertinho do mar e eu serelepava feito peixinho dourado, com Soko cantando na cabeceira da cama e a memória desenhando meia dúzia de lembranças [e mais] sobre você dentro de mim [sobre ele dentro de mim] minutos antes [mim, min], quando eu começo não consigo mais parar. Já são quase dois meses longe dele, o Outro, filho da puta imortal dentro de mim, rasgando meu peito, meus olhos: ele nunca me dera flores. Há flores sob o abajur. "Eu sou o homem que mais amou você na vida", ele disse, feito homem-atrevimento, "Você não pode dizer isso", eu respondi, com alguma esperança, mas ele estava provavelmente certo. O quarto era rústico, bonito, e foram acesas trinta velas, assim distribuídas: I-coração-U, e ele bebendo uma Budweiser aqui do lado, depois do céu e do inferno, do gozo doce na minha boca, até que eu deixei uma marquinha cor-de-rosa no abajur e me perguntei, alto, "e se as coisas tivessem sentimentos?", eu não sei, foi tão triste!, ainda mais na voz da Lana, minha cantora favorita. Ele se levantou, buscou um creme e começou a massagear meus pés. & eu o amo.

49. *Uma espécie de cura*

Eu não tenho que saber como o meu livro vai terminar. Cala a boca! Espera, espera, espera, deixa-me pensar, todas as coisas mudaram: tornei-me hino nacional. Esse homem veio aqui e me transformou, me chupou, me fez cachoeira, XX Fantasy, meu Deus, todas as coisas mudaram! Não seja brouca, menina, os nossos corações ficam bons outra vez, a gente viceja outra vez, goza outra vez, apaixona-se outra vez. Eu nunca mais quero ir embora, vou ficar aqui pra sempre, vamos comprar seda, brindar com a tequila e dançar com as pupilas dilatadas, eu e tu, tu e eu, all night long, e eu rio, lembrando-me da criatura e sentindo mais nada: surprise, motherfucker! Comprei vestidos, cortei os cabelos, não deixei passar uma batida! Voltei à plenitude. Vem cá, ri comigo. Vou pintar as paredes do meu quarto: aha!

E eu já falei "eu te amo". Quando não havia mais nada a ser dito, do jeito que ele pediu, quando o peito sufocou e gritaram meus pulmões, queimados pelo fogo. "Eu te amo", eu disse.

50. *Pseudoepígrafe*

Não escrevi este livro para você. Escrevi-o para mim. Não há, portanto, um leitor-modelo além do que carrego comigo, nem prefácio e posfácio que te guiem falsamente. Há apenas esta rude e subversiva epígrafe, e a seguinte, breve dedicatória:

Ao maldito, que foi a terra e o purgatório.

A T., meu paraíso.

51. *Eu outra vez*

Ciúmes. Sempre os ciúmes. Essa doença, distúrbio, inferno no meio da alma, quando não há nada, ou melhor, quando há tudo o mais com o que se preocupar. É burro, senti-lo. O outro não é meu, para que eu amanheça assumindo a certeza de que não é preciso dividi-lo com mais ninguém. Vou estragar tudo outra vez. Não quero estragar tudo outra vez.

52. *Angústia moderna*

Deixei no meu copo uma marquinha de batom: ficou tão bonito! Virei caracol, tanta coisa no meu celular, no meu computador, tudo acontecendo ao mesmo tempo e um sufoco dando conta de tudo, da minha saudade, do meu amor, cadê a verdade nas coisas? Hoje eu tô cansada, três telas, três telas! E ele me sugere um texto empacotado, embalagem de rede social, nem, nem, ainda checo as primeiras linhas, porque foi do meu amor, mas, por favor! Saia das fórmulas, das balinhas açucaradas, do "eu só quero ver você feliz", por favor, não, que triste seria a vida se a gente fosse feliz o tempo todo!, se as declarações fossem sempre doces, se só soubéssemos dizer "eu te amo", quando tantas coisas além disso pudessem ser ditas. Foi isso: faltou o ar. Fujo. Não têm graça, essas plataformas. Não dá nem pra chorar. Que quando temos vontade, é na cama mesmo que a gente faz, no travesseiro, lençol ou toalha, vai ver no meio da rua, e a gente sozinho, de todo jeito.

53. *Tua A.*

I've just finished my letter. "Tua A." Mas quantas vezes eu já fui de alguém? Quantas vezes eu disse essas mesmas palavras? E quantas vezes já morri por causa delas? IT'S A PATTERN: trata-se de uma promessa que não posso cumprir. Ou posso? CAN'T BE YOURS. Can I? Meu amor, eu não sou de verdade. E eu amo você, como eu amo as cores.

54. *Quem sou eu*

Eu não gosto muito das pessoas. Eu provavelmente não gostaria muito e de verdade de você. São superficiais, meus relacionamentos, tenho medo e sorrio, elogio e distribuo apertadinhas simpáticas, tudo crível, mas vazio, e eu não sei por quê. Tenho vontade de ficar guardada no meu quarto, cheio de balões sobre a cama, comendo, comendo, lendo as sombras e dançando dentro da minha cabeça. Não me lembro de ninguém. Só de mim, de mim e do meu amor. Sou egoísta. Pinto os corações que decoram a extremidade do meu caderno e fantasio sobre a minha próxima tatuagem: balões coloridos, um cacho, a perfeita estética das coisas, num pulso ou noutro, meu lápis é cor de rosa e foi feito na Alemanha, wunderbar! Oh, amor, do meu copo térmico escapuliu uma gota, toda escorregadia, voluptuosa, e eu fiquei morrendo por dentro, com vontade de você, de te engolir, até os pelos!, e fico mexendo a língua dentro da boca e molhando os lábios e mordendo, e é tudo por tua causa. Meu professor me olha, minha cabeça ausente, "questões contemporâneas e sujeitos fragmentados", a folha toda riscada e ele nem imagina, eu penso, que escrevo sobre outras coisas, não sobre Toury ou Catrysse, mas sobre mim, e você e minha língua em você. Preciso fazer xixi.

55. *Desvios*

Ela afastou o sutiã sem alças e coçou o bico do seio esquerdo: eu não vi muito, vi quase nada, mas vi alguma coisa, abandonei minhas anotações por ela e morri dezenas de vezes, mas que nada! coisa nenhuma! Tudo só da minha cabeça mesmo, quando eu cocei o peito e vi que ele nem reparou: ardi sozinha.

56. *Curta*

Rebobina.

____. Caminho como se fosse minha a rua, buzina um carro, buzinam dois: minha calça jeans tem a cintura baixa, baixinha, e minha blusinha cor de rosa mostra um bocado da minha barriguinha. Nem ligo. E ainda gosto de diminutivos. Eu volto de um sex shop, onde tinha acabado de escolher duas fantasias bem clichês [coelhinha da playboy e aeromoça], ficaram ambas para o dia seguinte, que estou sem o cartão de crédito e ando comendo um bolo gelado, quando encontro o par de olhos desse menino que me olhava enlevado. Ele tomou um susto porque foi descoberto, baixou os olhos, apressou o passo e eu rebobinei. No trabalho, troco mensagens com o meu amor [meu] e termino de comer o bolo, sweet addiction, eu lambendo os dedos para encontrar outro par de olhos, desse homem com quem nunca falei e que fugiu ainda mais rápido do que o rapazinho de olhos grandes.

57. *Câmeras*

Fotografa, amor: eu passeando pelas paredes com minhas roupinhas de meio palmo, viva a lomografia!, o funk na batida dos pés de toda a gente, mas nos meus olhos eu encontro tudo em silêncio, que ali só estamos eu e você. Em-câmera-lenta. E eu te desejo com garras que saem do meu peito, quero ser tua até desmaiar de prazer – "luz da minha vida, fogo nos meus quadris" – seja um amorzinho e faça o que eu quero.

Eu vivo você.

58. *Mil dias depois dos próximos capítulos*

Um pensamento diabólico fora do tempo:

Tua boca.
Minha boceta.
Meu gemido.
Minhas mãos.
A parede.
Um rebolado.
Tua língua.
Meu orgasmo.
Tua mão.
Teu pau.
Minha boceta.
Teu gemido.
Um rebolado.
Teu orgasmo.
Nossa divindade.

Às vezes a nossa memória vem e
reclama o dia para si. Que triste.

59. *É hoje, amor*

É hoje, amor! Vou te fazer uma surpresa, fazer de conta que é só mais uma foto, mas, veja só, é hoje, amor. Você será o meu namorado, e eu quero que seja pra sempre, que eu já tô tão de saco cheio de buscar pessoas, não quero mais, e nem te perder, olhe, nunca na vida.

60. *A formiguinha*

Não há muito o que dizer. A formiga andava pela sala de artes, boazinha, quando a tia da limpeza chegou, heartless e avoada, e passou o pano pesado e agressivo sobre a pequena, pelo menos duas vezes: partiu a formiguinha e partiu-me o coração. Catei a pequena e coloquei-a sobre um banco, enquanto a tia, ignorante de sua crueldade, continuou o seu trabalho. Fiquei de cócoras e fiz um carinho na bichinha, que andava desvairada, duas patinhas destruídas, e morri por dentro, mesmo quando decidi matá-la para poupar-lhe o sofrimento, principalmente quando decidi matá-la. Fui capaz de fazê-lo!, tão linda!, como funcionaria a sua cabecinha?

70. *A ficção*

Na adolescência, eu escrevia sobre as coisas que não podia concretizar. Era virgem, escrevia sobre sexo. E gostoso. Sei que me bastava para silenciar a alma, com uma e outra dificuldade, que meus desejos sempre foram penosos de guardar. Agora, agorinha, tô imaginando a gente de viagem, coisa de congresso e apresentação, minhas pernas brilhando e você morrendo, entre a vontade de ir e a vontade de ficar: "hoje à noite e nunca mais", sugiro, não já temos nós dois alguém a quem amar? Cheaters. Por uma noite. O resto vou só imaginar.

71. Nota de aula

Oi, eu quero trepar.

72. *Uma burrice*

Às vezes eu fico [muitas vezes eu fico] fantasiando uma traição, diante da qual eu possa me martirizar por ter má sorte e por ter estado sempre certa, além de discursar desvairada, traída, mortificada, emocionada: "filho da puta!", não, não, penso que um "foda-se!" e "não ligo!" seriam melhores, e vou-me embora emputecida.

73. *Só mais alguns capítulos*

O nome dele era J. E este livro está chegando ao fim. De J. a T., houve aí uma meia dúzia de rapazes. Eu não gosto de ficar só. Sou dengosa e carente, do jeito fodido mesmo, ninfomaníaca, chocólatra e procrastinadora. Tenho medo de envelhecer, de ser traída, de morrer. Sou hipersensível e rude, sou uma mulher medíocre e uma menina encantadora, nos meus sapatos de cadarços eu flutuo, sobre saltos ando feito monga. O que te trouxe até à minha história? O que você aprendeu com ela? Passei blush nas bochechas, pus um Ray-Ban e um vestido curto, com listras, e saí para pegar o ônibus. Quero transar, transar, transar. Quero meu demônio de volta, todos os dias. Quero não querer o nosso fim, mais um, diabo de alma inquieta!, ele não é tão bom pra mim? Ficará para sempre nesta folha esta angústia. Escrita de azul. Preciso afundar meus pés na praia, deixar meus cabelos salgados das ondas, acender um baseado e chorar. Que da primeira à última página, não houve ausência de lágrima. A água do meu corpo é toda salgada: sou mar.

74. T.

De todos os males, não será o silêncio o menor? Ou, talvez, para você, não será coisa alguma? Calo-me para te machucar. Calo-me para não te ferir. Penso que tenho prazer na primeira coisa, penso que sinto a segunda para disfarçar a feiura da primeira. Uma decepção, você disse. E você estava certo. Did you enjoy the movie? Quero [Preciso] me deitar sobre o teu colo e ganhar carinhos nos meus cabelos, enquanto fecho os olhos para facilitar a saída das lágrimas que me cegam e para ver as imagens mais estranhas, quem saberá como funcionam as coisas aqui dentro? Eu tô aqui, amor. Mas não consigo deixar que você seja o meu amor. Fico arrancando meus cílios, não consigo, não consigo, não consigo. O endiabrado era intenso e cruel, mas não conseguia como eu. Eu podia entendê-lo, eu podia sufocá-lo, eu podia morrer de ciúmes, porque ele era da mesma matéria, o mundo gira, gira, preciso beber uma cerveja, ficar bêbada, transar até perder o juízo, chorar, olhar pro teto e ver o vazio de todas as coisas, porque eu nunca serei boa o bastante para você, ser falsa é trabalho tão árduo, e com você é que me dói mais, não consigo, T., não consigo.

75. *Às vezes*

Sometimes eu tento me consolar atribuindo à minha loucura alguma beleza, como aquela dos gênios e poetas. Ingênua! Tenho cá nada de belo: sou fraca. Deixo que você se decepcione. Sou toda um desapontamento. And everything is functional.

76. *Setenta e sete capítulos*

Aqui, nesta praia, o dia amanheceu ensolarado e brilhante, sem óculos escuros teria sido impossível acompanhá-lo, desde cá até a praia ao lado, onde T. e eu fomos almoçar. No meu celular tinha ficado de J. uma mensagem: "vem tomar um sorvete comigo", ele tinha dito e, "devolvendo a indicação, veja filme X", um pouco antes disso. Hoje já não dói. Hoje já é completo o perdão, generosidade e asneira, penso, não sei mais o que estou fazendo quando calo e deixo que as mensagens continuem, de repente vejo o projeto revolucionário deste livro desmoronar a céu aberto, como os poemas ensanguentados que declamei à beira-mar. T. está deitado aqui ao lado. Estamos da cor das luzes que nos iluminam, esperando que sejam 19h exatas para que alcancemos a praça desta cidade e desbravemos a culinária local. Capítulo setenta e seis, 19h de primeiro de maio de 2016.

77. *Quase, quase*

Eu gosto de estar aqui. Eu tô com vontade de transar e também tenho uma espécie de paz, perturbada pelos pensamentos contínuos, mas ainda paz. Minha cabeça não para. Nem para o meu baixo ventre de pulsar. Tum, tum, tum, foda-se a literatura, fodam-se os programas narrativos, s-e-x-o, melhor de tudo foi visitar aquele cine pornô lá no centro da cidade: três cervejas pra mim e eu te agarrando, em meio a "ais" e "uis", e eu rindo toda divertida. Aqui são obviedades lá e cá sempre. Pra quê? Quero ir embora.

78. *Nós dois*

Preciso de canetas novas. Não me deixa nunca mais! Preciso estudar, vontade doida de ler, de te amar, de fazer tudo contigo, e o francês, o alemão, o espanhol? Somos o melhor do mundo da gente. Tem um pombo na janela: e se a gente soubesse voar? Comprei sapatos novos, quero ficar bem bonita ao teu lado, para quando for a hora de ser apresentada à tua família, que susto! Às vezes cai em mim uma estranheza quando dou conta desta adolescente que vive dentro de mim.

79. *Can't change. Don't ask me to*

I've told you all my secrets: it hurts, it tears me apart. Isn't it enough? We shouldn't stay together. Can't u see? Run. Away from me. Oh, madness. I am deeply bored. Lana is singing and I am fucking thinking about you, what I have confessed, everything, everything. You are a good lover. I am a bad one. Let me go, please. Let me lose once again. I miss him a lot, I like you a lot and nothing makes sense: let me say goodbye. "Be a good baby, do what I want", she says. I say. Eu sou um pesadelo. Não quero mais ficar contigo, diabo de mentira destrambelhada!, todos temos o que esconder, todos somos duplos, mesmo quando réus confessos and I'm dancing: I think about you [guys] and sing along: love you more than those bitches before . . . say you'll remember.

80. Pelo menos

Estou pensando em você. E estou aliviada porque descobri, quando penso nele, que já não me importo mais, nem pelas coisas boas, nem pelas coisas ruins. Rio. Agora é contigo, amor. Veja que ingrata responsabilidade. Mas te recompenso, quando te dou tudo de mim, quando te faço amado e feliz, quando te completo e a mim, que há amor bastante para nós dois, ele sobra e escapole pelas beiradas, vão pros bichos, pros pedaços de pizza e pras taças açucaradas de sorvete. Hoje eu estou feliz. Porque há você e eu, e porque, agora sei, que não te engano mais. Não me engano mais.

81. *Este livro*

Penso que este livro é uma perigosa confissão. Com que bolas hei de reclamar para mim a sua autoria? Valha, meu Deus! E minha mamãe? E T., o próprio T., que pensará destas páginas? Há dias e dias. E nós estamos tão bem!, tão felizes! Para onde estamos indo? Que medo! Pode ser que já não haja história a ser contada, que os dias felizes hão de exaurir as palavras a serem ditas, as melhores, ao menos, que felicidades não me inspiram assim como as tristezas, oh, meu amor, você é vida e completude, por fora de mim mesma, depois que me completei como mulher. E os dias bons são únicos na vida, e exulto, e te amo todos os dias mais, e para quê? Que há para escrever, para dizer, para aprender? Em Proust, o tédio. Não vou deixar que isso aconteça. Daqui eu vejo: uma mulher miúda gesticulando da janela de um prédio bem alto, observando a chuva, que é forte. Está tão longe! Deve estar ao telefone.

82. *Nada*

Para T.

Livro um: este é o fim. Um fim nada turbulento, um fim de amor, um fim de sorte. T. é meu herói. Amigo, antes de amante. Faz-me feliz todos os dias, tem paciência comigo, respira fundo durante as minhas crises traumáticas, é cortês, atencioso, gosta dos meus afetos, chupa-me gostoso, é chupado em retribuição, compra-me flores, não porque sou mulher, mas porque são bonitas e me deixam contente, como o deixariam também, se eu fizesse o mesmo. Vamos morar juntos, T. e eu, para pôr fim à metáfora do Tinhoso, de que nós mulheres somos loucas e quebradiças, falou comigo uma dúzia de vezes desde T., mas não volto, não sorrio, não me sinto mais tentada a ser dele. Acabou. Foi preciso. E é preciso que permaneça assim.

Mesmo que não houvesse T. [e não haveria outro?]

Mesmo que não houvesse T.

Mesmo que não houvesse.

83. *Feliz*

Antes de mais nada, é preciso que eu tome esta nota: como é bom se achegar às minhas prateleiras e encontrar um livro novo, desses que nos parecem muito apetitosos e, quando finalmente desbravados, de fato o são!

84. *Que nem água*

Nós estávamos deitados na borda da piscina, de olho nas estrelas e de ouvido nas canções que povoavam o ar ao nosso redor, depois de pitar um baseado perto de uma família zuadenta com água até a cintura, "tem alguém fumando um treco aí", disse um homem, os alto-falantes tocando Kylie Minogue e eu juro que o toque do celular dessa senhora, aqui na recepção onde aguardamos o médico, foi coisa surreal, o anúncio do fim de uma novela da década de 20, crise de 29 e suicídios em série. Os meus olhos estavam marejados, emocionados, e havia água por toda parte, mesmo que estivéssemos cercados por monólitos gigantes, e Quixadá virou um reino no meu coração. O amor estava nos lábios da gente: "eu pisco os olhos e estamos no Egito, eu pisco e estamos em Santa Mônica, eu pisco e estamos em Valparaíso...", e ele ia piscando e eu ia chorando, porque finalmente andava arrumada na vida, depois de tanto tempo perdida, "Você é que nem água, amor", eu sussurrei, e expliquei que havia nele uma liquidez reconhecível, que ele era a mim ajustável e tinha sido ao meu resgate essencial, água diária, minha sobrevivência e minha sede mais intensa. E eu achei tudo tão bonito, logo depois que eu pensei e senti que a gente era mais especial do que tudo, sui generis, e o mundo se fechou sobre nós e sobre as rochas gigantes de Quixadá.

85. *Girando*

Naquele dia, eu fui a única que viu os extraterrestres, feixe lento e colorido no céu, spinning, spinning, sobre as nossas cabeças e as águas tranquilas aos nossos pés.

86. *Capítulo de transição*

Fomos deixadas com fraquezas terríveis e vícios inimagináveis. Por que não conseguimos ir embora de vez? Você sabe, você tem a certeza: não há nada bom ali, não há mais jeito, não há salvação. Ele bateu em você. Ele te esmurrou, te socou, sufocou e quase matou. Haverá aí algum quê de sedução? Não! Pois fuja! Seja forte. Nossa pele não foi feita para esse tipo de cor lilás. Somos sangue, somos fogo, somos um caminho para a felicidade. E entre uma e outra mensagem falsamente despretensiosa, desejei-lhe todo o bem, bem longe de mim. E desejei também que não fizesse à outra o que tinha feito a mim. Ainda que "louca", ainda que "descontrolada", ainda que "ciumenta" ou ainda que tivesse, como eu, uma shitty mouth, não há nada aí que nos valha duas mãos ao redor da nossa garganta. Mas e você?

87. *Dias de luz*

Estamos juntos e estou certa. Estou fazendo o que eu amo. Estou em paz e estou curada. Isso não quer dizer que não existam cicatrizes, veja só. Às vezes lembro, às vezes vislumbro, mas aqueles dias se foram, como todos os outros, e buscando um sentido para aqueles que virão eu encontro, no olhar dos meus cachorros e na textura das minhas plantas, que ter amores arrebatadores é uma dádiva, mas experimentar amores abusivos, assim longamente ou assim por qualquer instante, como quem se perde e não consegue mais se achar, não é coisa que valha a pena. Racionalizar é difícil, especialmente depois de tudo. Encaro o aprendizado, penso em Dickinson, "pain has an element of blank" e tento entender como se dissiparam o horror e o medo, como chegou aqui essa tranquilidade, como foi possível amar outra vez, não sentir mais ciúmes, não ter mais essa desconfiança [descomunal] de todas as coisas. Reflito sobre a natureza desse aprendizado: quanto tempo eu perdi? Quanto tempo eu ganhei? Recordo: quando estava lá, tinha o peito rasgado de dor, feito tiras, desejando com cada fôlego que aquilo acabasse, que o desejo de tê-lo se extinguisse, pois era como a morte dentro de mim, tão confusa, tão eclipsada, como um prazer secreto em ser surrada, desprezada, aniquilada, feito mártir [e aqui caberia uma forte tapa que me trouxesse à realidade, um soco] NÃO SEJA ESTÚPIDA!, cuide de si, lave as feridas e doe para si mesma o amor que te restou e que, logo, logo, florescerá. São artifícios de romance, a virtualização da violência, pra trás de nós, esta é a nossa única vida, minha única esperança, e perder tempo, assim, não é coisa muito inteligente a se fazer.

88. *Tirem suas próprias conclusões*

Do capítulo um destas memórias, até aqui, o que mudou? Quem eu fui, quem eu sou, quem saberá coisa alguma? A ode se transformou em um exorcismo poético, fazendo com que meus olhos cegos voltassem a enxergar. Quantas vezes somos enganadas pela nossa própria vaidade?

0. Fim

Para conhecer a si mesmo, é preciso se encontrar nos olhos do outro. O inferno é o outro, disse Sartre. Mas também o paraíso.

POSFÁCIO

Foi um bocado difícil ler este livro.

Confesso que achei que seria tranquilo. O livro trata de uma temática pela qual me interesso muito, com uma escrita envolvente, e eu sou leitora voraz, mais ainda quando o livro é escrito por uma mulher.

Mas foi uma leitura que me tocou tão profundamente, que precisei ler com calma. A forma como Kah conta sobre os altos e baixos de um relacionamento abusivo — as lágrimas entre orgasmos, como ela bem explica no conto do aniversário — me despertava lembranças dos meus algozes. Lembranças que precisei, mesmo uma década depois de meu primeiro relacionamento abusivo, reviver aos poucos.

Precisei ler respeitando meus sentimentos, reconhecendo a pessoa que fui quando vivi o inferno e também tudo que precisei conquistar para sair de lá. A leitura despertou não só o entendimento da experiência da Kah, mas me fez sentir profundamente a ansiedade nos momentos iniciais do relacionamento, o tesão potente de uma relação na qual a intimidade só é experienciada por meio do sexo, o nervosismo quando a tensão levou a uma agressão, o alívio quando ela se livrou e o orgulho por ter conseguido. Orgulho que também sinto da pessoa que fui no passado, quando consegui dar as costas para quem me dizia que não era possível viver sem ele.

Kah colocou em palavras o que eu senti, mas não conseguia expressar. A complexidade de quem foi vítima e depois sobrevivente de abuso. A vivência de quem, entre ataques sutis (e outros não tanto), de pouco em pouco tem a autoestima degradada, mas que sabe que não é só de dor que vive uma situação de violência psicológica. Porque enquanto isso tudo acontece, quem abusa também constrói um castelo de promessas, pondo em prática o que aprendemos — erroneamente — com filmes, músicas, novelas e livros sobre o que era o amor verdadeiro, aquele que incendeia e nos faz experimentar altos e baixos com intensidade.

Essa alternância entre violências e momentos felizes de filme tem nome, chama-se Ciclo do Abuso, e foi estudada por especialistas em violência doméstica. Ele se constitui de:

× uma fase de lua de mel, na qual o abusador se veste de príncipe encantado e enche a mulher de afeto e promessas, seguido por:

× uma escalada de tensão, em que o "príncipe" passa a fazer a mulher se sentir culpada por coisas que vão desde um comentário que possa ter afetado sua frágil masculinidade até as escolhas que ela faz sobre a própria vida;

× o aumento da tensão eventualmente cria um incidente violento, que é seguido, como Kah retrata bem, por pedidos de perdão e promessas de mudanças.

E recomeça o ciclo.

Durante e depois do abuso — quando vivemos para contar história — vivemos sem saber como nos deixamos passar por isso, com a vergonha e medo de ser julgada, sabendo bem sobre os estereótipos da mulher que "gosta" de apanhar.

Vivemos sem saber em quem confiar, convivendo com amigos que preferem "não tomar partido". Que ao não tomar partido se declaram do lado de quem abusa, porque não há como sobreviver a um relacionamento abusivo e conviver com um abusador no mesmo grupo, não sem perder a sanidade mental.

Vivemos com medo de sermos isoladas e ter nossa reputação arruinada pelo nosso algoz, que nos diz que não merecemos amor e que ninguém além dele nos suporta. Ele alega ser o único a ter paciência para nossas dores, conquistas e complexidades — mas ele mente.

O algoz fala e nós acreditamos. Quando acreditamos, damos a ele o poder de narrar nossa própria vida — e quando tentamos retomar esse poder, por vezes a sociedade nos afirma que não, isso não é possível. Que a palavra de um homem vale mais que nossos machucados, saúde mental, que a nossa vida. Doca Street ganhou drinks em seu nome ao assassinar Ângela Diniz, e a sociedade brasileira evoluiu pouco desde então.

Mas venho aqui dizer que, embora pouco, essa evolução aconteceu.

Aconteceu na medida em que a legislação brasileira conta com um dos melhores modelos jurídicos de apoio às mulheres, a Lei Maria da Penha. Ela é um instrumento para que mulheres possam lutar por mais dignidade e proteção estatal. A Lei entende como violência doméstica atos que ocorrem em ambiente íntimo (pelo parceiro, ou em ambiente familiar, por exemplo), a tipifica assim:

× Violência física, quando há machucados, empurrões e socos;
× Psicológica, que abrange manipulação, chantagem, humilhação, controlar ações da mulher (incluindo querer dizer o que você pode ou não vestir, com quem pode ou não falar), vigilância (incluindo entrar no seu celular contra sua vontade);
× Sexual, que inclui chantagem para que você tenha relações, impedir o seu acesso ao ginecologista, esconder contraceptivos, furar camisinhas ou qualquer outra forma de coerção para que você tenha os filhos dele, entre outros;

- Patrimonial, como estragar seus pertences (incluindo jogar o seu celular no chão por ciúme), quando te engana para que você dê o seu dinheiro para ele;
- Moral, incluindo quando ele fala mal de você para seus amigos, familiares ou empregadores.

Sabemos que a lei somente não garante igualdade — fosse esse o caso, os números de violência doméstica não estariam aumentando ano após ano. A sua erradicação só vai acontecer quando houver uma mudança cultural e, arrisco dizer, política e econômica, na qual o controle sobre o corpo das mulheres não seja tão essencial para a manutenção do poder de alguns.

No entanto, enquanto essa mudança permanente não acontece, a lei permite que busquemos recursos para navegar o mundo. Podemos contatar advogadas ou buscar assistência jurídica gratuita em defensorias públicas, universidades ou coletivos de advogadas para garantir a aplicação da lei e nossa proteção.

A lei é importante, mas ainda há outros fatores a serem superados diante de um relacionamento abusivo.

Quando passamos por um relacionamento abusivo, pode acontecer o que Kah descreve em "essa vida é minha, não tua". Sermos tomadas por uma atenção tamanha que não há mais momentos sós, atividades, amigos ou coisas próprias. Quando isso acontece, podemos acreditar que nossa vida é o relacionamento e que, sem ele, não sobreviveremos. Mas isso não é verdade. Quando passamos por um relacionamento abusivo, importa lembrar que sempre podemos começar de novo a construir relações fora dessa relação. Que há amor e amizade que nos esperam.

Quando passamos por um relacionamento abusivo, podemos nos culpar e nos perguntar como não conseguimos sair no primeiro sinal de abuso, como nos metemos naquela situação. No entanto, não é burrice se ver em um relacionamento abusivo. Temos 18 milhões de mulheres que denunciaram a violência doméstica só em 2022 — e esse número é muito subnotificado, indicando que praticamente todas as mulheres brasileiras já sofreram algum tipo de violência masculina na vida. Isso significa que o problema não é com você, mas social. Ou seja: não é natural, mas construído. E tudo que foi construído por humanos também pode ser destruído.

Quando passamos por um relacionamento abusivo, podemos não reconhecer que estamos em um. Os mecanismos do abuso são tão refinados — eles até têm afeto no nosso cérebro, na nossa percepção de medo e de realidade — que nos fazem duvidar de nós mesmas. No entanto, a dúvida sobre se essa é ou não uma situação que você está enfrentando indica que existe em você um instinto de autopreservação impressionante. É um ato de coragem se permitir questionar uma relação construída e validada socialmente. Se for o seu caso, vale procurar apoio psicológico especializado. A organização *Não Era Amor* me ajudou em um relacionamento abusivo, mas há também opções de apoio psicológico gratuito em coletivos, SUS e universidades, onde estudantes de psicologia do último ano realizam atendimentos gratuitos com supervisão de professores.

Além disso, existem grupos focados em apoiar mulheres que passaram por violência doméstica e relacionamentos abusivos, e coletivos feministas. Para encontrar o primeiro, embora não exista nenhuma iniciativa nacional, existem alguns recursos estatais e municipais. Alguns tribunais de justiça, como é o caso do de Roraima, fornecem esses apoios. Nas redes sociais, existem vários — uma sugestão é buscar por "grupo de apoio à mulher" na ferramenta de busca do Instagram e Facebook. Também existem ONGs que podem trazer conteúdos, recursos de suporte e até comunidades, como a *Nossa*, a *Toda Ci-*

dadã (fundada por mim!), a *Associação de Mulheres Contra a Violência Doméstica*, a ONG *Artemis*, o *Instituto Barbara Pena*, SOS *Mulher e Família*, *Mulher*, *Associação Fênix* e *Associação Fala Mulher*.

Quando passamos por um relacionamento abusivo, podemos acreditar que a impunidade é a realidade — e talvez seja —, e que não há o que fazer quando enfrentamos um abuso. No entanto, quero reforçar que esses serviços de apoio existem. Não são perfeitos, no geral exigem luta de mulheres já cansadas, mas com este posfácio digo que vale a pena contatá-los, porque eles são ferramentas que podem salvar vidas. O **Disque 180** é um número através do qual tanto vítimas de violência quanto testemunhas podem relatar um fato e buscar apoio. No site do Governo Federal, que explica sobre o **Disque 180**, está disponível uma lista de números para ligar em casos de violência nos quais a mulher se encontra em solo internacional. Antes de viajar, vale salvar o número no celular, caso aconteça qualquer emergência.

O serviço do **Disque 180** então encaminha as mulheres para os próximos passos e ajuda a mulher a identificar locais de apoio próximos. São eles: *Casa da Mulher Brasileira*, *Centros de Referências*, *Delegacias de Atendimento à Mulher (Deam)*, *Defensorias Públicas*, *Núcleos Integrados de Atendimento às Mulheres*, entre outros. Você também pode procurar esses recursos antes de ligar 180.

Também recomendo, ao identificar um relacionamento abusivo, buscar uma delegacia da mulher para dar início ao processo judicial. Esse é um passo que pode levar para a criação de um Boletim de Ocorrência (BO), de medidas de restrição e também para a responsabilização da pessoa que cometeu o abuso. Porque é um procedimento legal, que envolve ir à delegacia e conversar com policiais, sinto que o melhor é buscar por esse recurso acompanhada de advogada, mas, se não for possível, vá acompanhada de alguém de confiança ou mesmo só.

Faço essas recomendações, mas faço também o reforço para que você respeite seus limites e busque apoio — psicológico, jurídico, de amigos e familiares, de quem houver por perto.

Faço essas recomendações como quem busca apontar um caminho que pode ser seguido; como quem já percorreu esse caminho e, como Kah, encontrou luz no fim do túnel. Há de haver uma luz no fim do túnel para todas nós.

GABRIELA TOSO

Fundadora da Toda Cidadã e mestranda em Economia Política pela London School of Economics

Este livro foi composto em Fairfield LT Std no papel
Pólen Natural para a Editora Moinhos no início de
2024, enquanto *We Are The World* tocava.

*

O mundo via a Palestina quase sumir do mapa diante de
tantas bombas e atrocidades cometidas por Israel.
No Brasil, nosso presidente se interpunha contra
o que acontecia, chamando de genocídio o que
Israel realizava contra o povo palestino.